Das Gegenteil von allem

Christoph Mangold
Das Gegenteil von allem

©Gute Schriften Basel, 1975
Gestaltung: Albert Gomm swb/asg
Druck: Birkhäuser AG, Basel
Satz: Lenos Presse, Basel
Bindearbeiten: Paul Henssler, Basel

ISBN 3-7185-0408-1

Inhaltsverzeichnis

Vorwort

Der Schriftsteller Christoph Mangold ist, als Journalist Mangold, der
Zeitgenosse Mangold: der Chronist seiner Zeit. Als Journalist (er
arbeitet auch für die Basler National-Zeitung) hat er gelernt, seine
Umwelt, Menschen, Ereignisse, genau zu beobachten, mit prüfendem
Blick, aber wenn er darüber schreibt, dann schreibt er nicht als
Journalist, sondern als Schriftsteller. Er schreibt über das, was er
täglich sieht und hört und erfährt. Zu erfinden braucht er nichts,
er findet alles. Oft sind es Kleinigkeiten am Rande, Rost, der sich
bildet, jemand, der seine Lebensgeschichte erzählt, Tagesanbruch,
aber im Beiläufigen erschliesst sich ihm das Besondere und im
Besonderen das Allgemeine. So fügt sich das Ganze zu einem Sinn-
zusammenhang, der, wenn er durch das Wort vermittelt wird, die
Realität wiedererkennbar spiegelt.

'Wie Wirklichkeit entsteht' heisst eines seiner Gedichte in diesem
Band. Realität entsteht dadurch, dass auf Wörter reagiert wird —
meint der Schriftsteller Mangold, der es eigentlich wissen muss.
Die verblassende Erinnerung an die Stimme eines Zeitungsverkäufers
in einer leeren Bahnhofhalle macht ihm bewusst, dass diese Stimme
ja verklungen ist, der Zeitungsverkäufer ist gar nicht mehr da. Übrig
bleibt Betroffenheit. In einer Schale Tee erblickt Christoph Mangold
sein Gesicht, aber er verliert es in dem Augenblick, wo der Tee sich
in der Schale bewegt. Christoph Mangold hat darüber ein kleines,
gefährliches Gedicht geschrieben. Gefährlich deshalb, weil es
aufdeckt, dass das, was noch eben als gesichert erschien, unsicher
geworden ist, fragwürdig. Einen Riss bekommen hat. Die Entdeckung
dieses Risses kommt als Thema immer wieder vor: etwas hat auf-
gehört zu stimmen. Christoph Mangold hat eine Fähigkeit, das
Verkehrte, Paradoxe in einer Situation zu erkennen und in Worten
seismographisch anschaulich zu machen.

Diesen Riss nimmt Christoph Mangold als genauer Beobachter auch
im täglichen Leben der meisten Menschen und in ihrem Zusammen-
leben wahr. Wenn er darüber dann schreibt, bedient er sich einer
Wortakkumulation, mit der die beobachtete Realität aufgesogen
wird, bis zu ihrer Durchlässigkeit. Das Wort rückt die Realität, die
es beschreibt, in Distanz, denn es *ist* nicht diese Realität, es kann sie
nur *bedeuten*. Das ist ein literarisches Problem, aber in dieser
geschaffenen Entfernung kommt auch Christoph Mangolds Haltung
zum Ausdruck. Die Distanz, die die Worte erzeugen, bestimmt die

Position des kritischen Zeitgenossen Mangold: so bekommt er Überblick, deshalb kann er schreiben. Er hält sich absichtlich fern, er nimmt die Rolle des Aussenseiters ein, damit er umso besser verfolgen kann, was sich vor ihm abspielt. Und je mehr er zuschaut, desto mehr zieht er sich zurück, desto mehr Worte gebraucht er, in denen die Distanz zur beobachteten Realität sich nochmals vergrössert. Man könnte auch sagen: das hat mit Mangolds Skepsis zu tun. Am Schluss sagt er: 'Ich mache nicht mehr mit.' Kurt Marti hat einmal von Christoph Mangolds 'Kleiner Weigerung' gesprochen, sehr zutreffend. So verhält sich der Moralist. Christoph Mangold ist einer. Seine aus Skepsis hervorgegangene, kritische Haltung manifestiert sich in seiner Ablehnung, aber er zieht sich deswegen nicht zurück. Im Gegenteil, er ist gerade durch sie zutiefst mit dieser Zeit verbunden. Warum schriebe er sonst, was ihn bewegt?

Aurel Schmidt

I

Erinnerung

Die immer weniger
imitierbare Stimme
jenes Zeitungsverkäufers
in der leeren Bahnhofhalle
die sich in der Erinnerung
stetig füllt
die steigenden Fassaden
auch wenn man hinunterging
in die fremde Stadt
zusammenwachsend
und wieder hinauf
der Zeitungsverkäufer
war nicht mehr da.

Le Bon Film

Das Kino war noch geschlossen. Es standen schon Leute vor dem
Gitter. Es war fünf nach zwölf, Zeit genug. Der Film wurde ausser
Programm gezeigt, 'Le Bon Film'. Vor dem Kino eine stark befahrene
Strasse (Schwarzwaldallee). Den Unfall selbst sahen wir nicht, weil
wir Kinoreklamen betrachteten. Wir merkten es erst, als der Verkehrs-
lärm verstummte. Kein unnatürliches Geräusch, kein Schrei, keine
Ausrufe, nur die plötzliche Stille. Ein Laster stand parallel zur
Strassenlinie, hinter den rechten Hinterrädern lag ein alter Mann,
daneben ein Velo. Ein Mann legte den Alten auf die Seite, schob ihm
eine Decke unter den Kopf, blieb knien. Andere standen kurz drum
herum, gingen dann aufs Trottoir. Einer dirigierte den Verkehr am
Unfall vorbei; der Lärm fing wieder an; man atmete auf, begann zu
reden. Dann kam die Polizei. Einer der Polizisten löste den neben dem
Alten Knieenden ab, dieser schaute kurz auf die Hände, rieb sie dann.
Unfalldreiecke wurden aufgestellt, und ein Polizist löste den Mann ab,
der den Verkehr dirigierte. Der Krankenwagen kam, die Sanitäter
gingen zu dem Alten, einer fühlte den Puls, legte den Kopf auf die
Brust des Mannes, schüttelte den Kopf, indem er weit in die Runde
blickte, die Zuschauer schüttelten den Kopf auch. Dann legten die
Sanitäter eine Decke über den Alten. Die Kinogänger sonderten sich
nun wieder von den übrigen Zuschauern ab und kehrten zum Kino-
eingang zurück. Das Gitter wurde heruntergelassen, die Besucher
bedrängten einander, die Kinotüren wurden geöffnet.

10

Gezeigt wurde jener Film aus den fünfziger Jahren, Nuit et Brouillard, ausgehend von Farbaufnahmen vom heutigen Dachau, dem grünen Lagergelände mit den melancholischen Blumen, die in einem schwachen Winde zittern, den menschenleeren und so trostlosen Baracken mit den symboltriefenden Spinnennetzen, Rückblenden, Collage von Original-SS-Instruktionsfilmen, schwarzweiss. Das Lager beginnt zu leben. Menschen drängen sich in den Baracken. Das Flimmern des Filmes. Dann, dennoch, die Identifikation. Das Knurren von Nachbars Magen, Hineinhorchen in den eigenen Leib, das Gehuste, um das Knurren zu übertönen, die geräuschvollen Bewegungen, die grossen Augen. Die Brillenhaufen. Das Öffnen der Kammertüren, die tote Menschenmasse, riesenhafte Amöbe, schleimig, glitzernd. Und jetzt die nackten Oberleiber der Beschäftigten im Krematorium, sachlich, Technik. Das Knurren des eigenen Magens. Die nackten Frauen auf der Leinwand, rennend und wartend. Der Kot, das Menstruationsblut, Betstellungen.
Und jetzt da und dort ein Rascheln. Die rechteckigen Becken mit den Rümpfen, mit den Armen, mit den Beinen, der runde Bottich mit den Köpfen. Der störende Kommentar, die Ablenkungen, das Rascheln von Papier, die Blicke rechts und links, von allen Seiten, leise, sehr leise, entschuldigend, Sandwiches und Schokolade auspacken, über den Schoss streichen. Denn es war Zeit zum Essen.

Reifen

Je öfter ich diese Geschichte erzähle, desto weniger glaubwürdig tönt sie auch in meinen Ohren.
Frank war Biologe. Er drehte für die Firma Kern einen Film. Er hatte mit dem Produzenten Auseinandersetzungen, weil ihm der Titel 'Geheimnis Leben' nicht passte; der Titel schien ihm zu billig. Jedoch, es wurde aus dem Arbeitstitel dann eben doch der endgültige.
Das Ende von seinem Film hatte Frank schon lange; es ging jetzt noch um den Anfang.
Seit Frank an seinem Film arbeitete, hatte sich sein Lebensstil gewandelt; denn er erhielt für sein 'Geheimnis Leben' Vorschüsse.
Den nächsten Sommer wollte er in Neapel verbringen, um in Ruhe eine andere Arbeit, über Larven, zu beenden.
Bei Frank besorgte sich jedermann sein Fasnachtskostüm; denn Frank hatte eine riesige Kiste voller Fasnachtskostüme und Larven. Die Fasnacht endete jedes Jahr im Bahnhof, weil um vier das Bahnhof-

restaurant geöffnet wurde, und weil in der Bahnhofhalle die
Trommeln am lautesten dröhnten.
Auf dem einen Ohr war Frank taub.
Das letztemal, als ich Frank sah, trottete er hinter den Trommlern
einher, die Larve in der Hand, in die Bahnhofhalle hinein.
Leitner war ein Schulfreund von Frank; als sein Vater starb, musste
er die väterliche Lebensversicherungsgesellschaft übernehmen; und
einer der ersten, die sich bei Leitner versicherten, war Frank, dann
auch Marc, der über das Gehör der Vögel arbeitete und Querflöte
spielte.
Marc suchte eine Wohnung im Stadtinnern. Frank empfahl ihm,
sich noch ein paar Wochen zu gedulden, bis Bürglis Wohnung frei
werde: Bürgli arbeitete über Schnecken und litt an Leukämie, die
Ärzte gaben ihm noch ein paar Wochen.
Erst vor drei Monaten (während der Fasnacht) war eine Biologenkollegin bei einem Autounfall (Deux chevaux) ums Leben gekommen;
sie war von ihrem Hund, der auf dem Nebensitz sass, abgelenkt
worden.
Bei Franks 'Geheimnis Leben' ging es jetzt also noch um den Anfang.
Brütende Störche sollten noch vorkommen; Frank hat noch im alten
'Storchen' verkehrt, neben dem 'Spiegelhof', Kontrollbüro; im
'Storchen' sind jetzt Steuerverwaltung und Krankenversicherung
untergebracht. Frank fuhr also in die Camargue, kam aber zu spät;
Frank fuhr also nach Nordafrika, aber die Störche hatten schon
gebrütet.
In dem Film 'Geheimnis Leben' kam auch die Sonne vor. Die Sequenz
über die Bienen wollte Frank weglassen, weil Bienen in jedem Film
über das Leben vorkommen.
Frank wohnte in einem Abbruchhaus. Er liess eine alte Badewanne
einbauen. Sein Gegenüber war schon lange abgebrochen worden, das
Areal gehörte der Abbruch-Firma Musfeld, es hiess 'Rosshof' und war
jetzt ein Autoparking.
Am Ende entschied Frank sich doch für den Anfang 'Sonnenaufgang';
der Film musste jetzt endlich beendet werden, der Produzent
drängte.
Da war auch noch die Geschichte mit dem Teerfass. Frank kaufte
sich ein Haus, an einem See, 'in dem die Sonne schön untergeht'. Er
wollte die Zufahrt teeren. Das Teerfass stellte er auf den Hintersitz.
Franks Reifen waren abgefahren; es war ein Gebrauchtwagen.
Von der äusseren und von der inneren Wirklichkeit redete der
Produzent.
Der Film ist übrigens im Fernsehen gezeigt worden.

Der Zeugenaufruf erfolgte in der Zeitung. Es ging um die Rekonstruktion. Wie es dazu gekommen war. Wie es dazu hatte kommen können. Um das, was vorausging. Um den Anfang. Die Strasse war frisch geteert. Die Sonne hatte nicht geschienen. Es hatte geregnet. Und Franks Reifen waren abgefahren, wurde behauptet.

An der Beerdigungsfeier nahm auch Lebensversicherungs-Leitner teil. Auf dem Weg zur Abdankungshalle fragte er mich, ob ich mich nicht auch versichern wolle.

Mit Frank kam auch Marc um, der bei der Beerdigungsfeier für die Biologenkollegin vor drei Monaten noch Flöte gespielt hatte und darauf wartete, dass Bürgli endlich sterben und die Wohnung frei würde.

In der Kapelle war es heiss, und darum wurden die Türen offen gehalten; es war im Raum dunkel und blendete, wenn man hinausblickte auf den weiten geteerten leeren Platz. Dort draussen, mitten auf dem Platz, stand aber, auf einen Stock gestützt, Hut in der freien Hand, mager, unverkennbar Bürgli.

Als Flöte gespielt wurde, ging ein Mädchen hinaus — die Mädchen liebten Frank, den Biologen —; nach der Abdankungsfeier sah ich sie dann wieder, mit einem bereits welken Schlüsselblumenbund in der Hand, und immer wieder musste sie sich bücken, um zu Boden gefallene Schlüsselblumen aufzulesen.

Als, nachdem der Biologieprofessor seine Abdankungsrede, wie man das bei uns nennt, beendet hatte, das Gesumm der Bienen, es war Frühjahr, die Woche nach Pfingsten, zu hören war, ging ich hinaus. Die Sonne schien. Ich blieb auf dem geteerten Wege kleben.

Was stimmt an dieser Geschichte nicht? Ich bin von der Firma Konso, Konsumenten-, Markt- und Sozialanalysen, gebeten worden, für ihre Zeitschrift 'Konsonanz' eine Geschichte über Reifen zu schreiben. Reifen? Autoreifen. Die Reifen, das Reifen, die Autoreifen. Eine Geschichte zum Thema Pneu, wie man Reifen bei uns nennt. Pneu, Pneuma, Hauch, Lebensatem, der an Pfingsten herabkommt? Nein, Pneus, Autoreifen. Die 'Konsonanz' hat meine Geschichte abgelehnt. Aber es ist doch gar nicht meine Geschichte. Franks Freunde finden die Geschichte geschmacklos. Meine Freunde, die Geschichtenschreiber, finden die Geschichte zu konstruiert. Franks Biologieprofessor hält nichts von Geschichten. Der einzige, der nichts gegen die Geschichte hat, ist Lebensversicherungs-Leitner. 'Es ist eine Geschichte, wie sie nur das Leben schreiben kann, ich habe da leider Erfahrung.' Es ist zu viel Gereimtes drin. Nichts ist erfunden. Soll ich sie deshalb verschweigen? Ist sie deshalb schlecht? Es gibt schon unzählige Fassungen. Weiterschreiben. Nur warten. Reifen lassen. Leitner jedenfalls hat nicht mehr versucht, mir eine Lebensversicherung aufzuschwatzen.

Hector ist ein alter Freiheitskämpfer

Er sagt nicht 'ich', sondern 'Hector', wenn er erzählt, 'der Hector hat' und 'der Hector ist', wenn er von sich erzählt, aus seinem Leben. Es braucht eine Zeit, bis man merkt, wer Hector ist: dass er der Hector ist. Und der Name ist massgeschneidert. Hector passt zu den abenteuerlichen Erzählungen, zu diesem Typ. Hector könnte nicht anders heissen, obwohl doch kein Mensch Hector heisst, und heutzutage auch Hunde nicht mehr. Das stimmt: einen treuen Blick hat er, obwohl die Augen schräg stehen, wie die andern, die es jetzt plötzlich 'schon immer gewusst' haben, jetzt sagen: Hectors Augen blickten nicht treu, sondern verschlagen.

Die Zeitungen haben über den Fall berichtet, sie nannten Hector Heiner, und er sei eigentlich ein Deutscher, praktisch aber ein 'Basler', in Anführungszeichen, und 'die aus dieser Konfliktsituation entstandenen Schwierigkeiten scheinen mit dazu beigetragen zu haben, dass er immer wieder fallierte und straffällig wurde'. Vor Gericht und folglich auch in den Gerichtsberichterstattungen der Zeitungen erscheint er als ausvereheliches Kind, in Freiburg i.Br. geboren. Später heiratete die Mutter einen Schweizer. Die Familie 'blieb in einer Baselbieter Gemeinde sesshaft'. Mit seinem Stiefvater verstand er sich nicht. Nach der Schulzeit kam er in ein Erziehungsheim, von wo er 30mal ausriss. Über sein Verhalten in den folgenden Jahren wurde vor Gericht wenig bekannt. Er kam aber immer wieder 'nach Hause', wie es in den Gerichtsberichten heisst, in Anführungszeichen, 'was ihm auch Strafen wegen Verweisungsbruchs oder ähnlichen Delikten eintrug'.
Nun würde es sich zwar lohnen, sich bei diesem Wort 'Verweisungsbruch' aufzuhalten und ein wenig zu überlegen, was das heisst und was das ist und was das bedeutet. Doch überlesen wir das und erfahren aus den Gerichtsberichten weiter: 'In den letzten Jahren pendelte er zwischen Deutschland und der Schweiz oder den Untersuchungsgefängnissen und Strafanstalten hin und her. Er erlitt Freiheitsstrafen.' Wir könnten nun zu überlegen und zu erfahren versuchen, wie das ist und was das heisst, wenn einer 'Freiheitsstrafen erleidet'. Doch lesen wir weiter. 1970 wurde 'die Aufhebung der Ausweisung erwirkt. Trotzdem konnte er sich nicht konsolidieren'.

Eine nach seiner letzten Strafentlassung Mitte Februar dieses Jahres
für ihn gefundene Stelle 'wollte er nicht annehmen'. Und dann traf er
in der Basler Innerstadt junge Leute, sie nahmen ihn auf, liessen ihn
übernachten, und er bestahl sie, und im Mai 'war er verschwunden'.
Der Typ des 'gefährlichen Verbrechers' sei er nicht, betonte die
Staatsanwaltschaft, und die Strafkammer 'hielt zwölf Monate für
ausreichend'. Zwölf Monate, das heisst Gefängnis.

Es war ein sonniger Samstagmorgen. Die Leute eilten von Geschäft
zu Geschäft in der Innerstadt. Die Lokale und Treffpunkte waren
noch leer. Der einzige Gast sass am ein wenig zu riesigen noch glänzenden Tisch und trank Bier und erzählte: 'Heute morgen ist sie
gestorben. Ich weiss nicht, warum. Sie hat einfach nichts mehr
gegessen.' Ich wurde natürlich prompt auch ein wenig traurig, denn
das ist ja doch immer ein wenig traurig, wenn jemand stirbt. Obwohl
der Erzähler nicht etwa ein sehr trauriges Gesicht machte. Er konnte
es einfach noch nicht verstehen, und musste deshalb erzählen. Ich
stellte mir den Toten als eine Tote vor, eine immer dürrere alte Frau,
und sagte: 'Sie ist wenigstens erlöst, was willst du.' Nicht einmal
eine lebendige Ratte habe sie mehr annehmen wollen, sagte der
Erzähler. Ich war ein wenig verwirrt, er redete nun von einer Boa,
dann sogar von 'Hectors Boa constrictor'. Und dann stellte sich auch
heraus, dass er der Hector war. Und als Kinder mit ihrer vollbepackten
Mutter ins Lokal kamen, erzählte ich ihnen von der Boa constrictor,
von Hector, der Ratte, und dass sie gestorben sei. Es machten alle
traurige Gesichter. Und Hector erzählte eine andere Geschichte.

Hector war auf Urlaub. Hector war Söldner. Ich wollte protestieren,
nur indem ich schwieg. Aber Hector fühlte meinen Protest und stellte
richtig: Hector war Söldner in Angola. Ich konnte nicht mehr
schweigen, denn ein Söldner in Angola war ein Schwein in kolonia-
listischen Diensten. Hector präzisierte: Freiheitskämpfer. Und nun
war Hector mein Freund, er stand also auf der rechten Seite. Von
Zeit zu Zeit, mitten in den Erzählungen, stiess er mit der Hand blitz-
schnell vor fast bis zu meinem Nasenbein, dazu stiess er tierische
Laute aus, und man konnte sich vorstellen, wie viele Nasenbeine
Hector den unmenschlichen Kolonialistenschweinen schon auf
eleganteste Manier ins Gesicht gedrückt hatte. Und wenn Hector gar
das Bein im Sitzen hochriss und mit dem Absatz der Desert boots nur
Bruchteile von Millimetern unter dem Unterkiefer der staunenden
Zuhörer anhielt, strahlte und weitererzählte: Hector war ein guter
Typ. Er wollte mein Amulett. Ich erklärte ihm, das sei von einer

15

grossen Liebe. Hector sagte: 'Darum will ich es. Wir sind doch Freunde. Übermorgen um die gleiche Zeit kriegst du's zurück.' Ich gab ihm das Amulett. Er hängte es an den Hals, es baumelte mit den mehreren andern Amuletten an seiner offenen Gorilla- und Freiheitskämpferbrust.

Er kam ganz genau zu der abgemachten Zeit und gab mir mein Amulett zurück. Er hatte einen grossen Sack dabei, wie ihn nur solche Söldner haben können. Er müsse wieder gehen, der Urlaub sei vorbei. Wir umarmten uns. Er zog aus dem Sack eine Kamera, einen Transistor. Er brauche Geld. Alles versoffen. Für die Reise. Wir dachten sehnsüchtig an Angola und gaben ihm das Geld. Von mir wollte er keines, mir wollte er nichts verkaufen. Er wollte mir ein Buch schenken, eine Chronik aus dem Jahre 1721. 'Warum, Hector?' — 'Weil du Hectors Freund bist', sagte er einfach und schnellte mit seinem Absatz hoch bis fast an meinen Unterkiefer. Hector war wirklich ein guter Typ. Wir umarmten uns, als er gehen musste.

Es war vorbei mit den Erzählungen vom Freiheitskampf in Angola. Die Boa constrictor war endgültig tot.
Hector heisst nicht Hector, sondern in Wirklichkeit Manfred. Die Kamera hat niemals Bilder geschossen vom Freiheitskampf in Angola. Hectors Desert boots haben niemals die geknechtete afrikanische Erde betreten und nie im Leben mit dem Absatz die Unterkiefer den weissen Schweinen ins Gesicht des Unmenschen gedonnert, dass das wehleidige Blut spritzte. Die Boa constrictor hat nie gelebt und konnte deshalb auch nicht sterben. Die Chronik aus dem Jahre 1721 war gestohlen. Hector ist nur zwischen den Untersuchungsgefängnissen und Strafanstalten in unserer Grenzregion hin und her gependelt. Hector hat 'Freiheitsstrafen erlitten'.
Hector bleibt für mich Hector. Wir vermissen ihn. Wir warten auf ihn. Wir freuen uns, bis du wieder aus dem verdammten 'Angola' zurückkommst.

Herr Ackermann

Herr Ackermann war Sommer und Winter erkältet, und er trug Sommer und Winter ein wollenes Halstuch.
Herr Ackermann war Klavierlehrer und Dirigent der Sängerrunde. Jedesmal, wenn ein Sänger starb, kam der ganze Chor zur Abdan-

kungsfeier. Die Sänger stellten sich im Halbkreis auf und knarrten
mit den Schuhen, bis sie singen durften.
Onkel Leopold war auch in der Sängerrunde. Er ging zu jedem
Sängerbegräbnis; er trug sonst nie die schwarzen Schuhe, die
knarrten.
Herrn Ackermanns Schuhe knarrten nicht bei Onkel Leopolds
Begräbnis. Herr Ackermann und Onkel Leopold waren Freunde.
Die älteren Leute nannten den Friedhof Gottesacker.
Wir alle sind bei Hans Ackermann in die Klavierstunde gegangen.
Als er siebzig wurde, war das ganze Musikzimmer voller Blumen.
Bei Onkel Leopolds Abdankung war der ganze Chor der Kirche voller
Blumen; es war Frühjahr, und die Tür war offen, es war angenehm
kühl.
Herr Ackermann hatte immer Watte in den Ohren; er summte mit,
wenn wir die Klavierstücke spielten, die wir gelernt hatten, und
knackte mit den Fingern, wenn wir sie nicht konnten.
Herr Ackermann hatte keinen Flügel.
Auf dem Weg zu Onkel Leopolds Grab wurde Herr Ackermann von
seinen Sängern — es waren immer noch viele — gestützt; er trug kein
Halstuch; sein Hals war zu dünn für den Kragen.
Der Leichenwagen summte höher, als wir dem Grabe näherkamen,
weil er schneller fuhr.
Und Herr Ackermann blieb immer weiter zurück.
(Jedoch, wir warteten auf Herrn Ackermann.)
Was sollten wir ohne unseren Dirigenten anfangen?

Schäferballade

Im Garten steht ein Pfirsichbaum im Blust
Richter jätet in Handschuhen Unkraut
und doziert die Kompostkultur in China
die jenem Land seit viertausend Jahren das Überleben garantiere

Dies ist die Geschichte von Richter dem Chemiker
der in seinem Garten stand die Erde krümelweise durch die Finger
    rieseln liess
und am Exempel seines Pfirsichbaumes zeigen wollte
dass es auch ohne Kunstdünger geht und ohne Pestizide
Richter der dies seiner Firma beweisen wollte
die davon lebt
und ihn entliess

Richter der Schäfer wurde in der Toscana
auf dem Gute eines Industriellen
und seinen Gigot brät wie kein anderer

Immer noch steht im Garten der Pfirsichbaum
nach dem Blütenregen
mit eingerollten Blättern voller Läuse die regnen.

Chez Noah

Nebenan war ein Schuhgeschäft, auf der andern Seite eine Buchhandlung.
Weit über den Köpfen hing ein Netz, durch dessen Maschen man zur
schwarzen Decke sah. Hinter den Luken waren keine Aquarien, keine
Terrarien wie im Atlantis, sondern Vitrinen mit getrockneten Seeigeln, fliegenden Fischen, Seesternen. Im Netz hingen keine Sterne.
Hinter den Luken brannte den ganzen Tag Licht. Auf den Schnapsregalen Flaschen ohne Etiketten und solche, in denen Schiffe eingeschlossen waren.
Unter den Tischplatten waren keine Schlangen und Salamander. Die
Tischplatten waren Schiefertafeln, aber viele Gäste hatten schon
ihren Namen eingeritzt, so dass die Namen wiederum unleserlich
waren. Sonst wurde beim Jassen mit Kreide auf den Tisch geschrieben.
Noah war die ganze Zeit betrunken, weil er den Gästen beim Trinken
helfen musste.
Es war Morgen, und die Sonne brannte. Er war nicht Stammgast
'Chez Noah'. Aber vor der Tür traf er einen alten Freund, den er
lange nicht mehr gesehen hatte. Der Freund war den Leonhardsberg
heruntergekommen, er hingegen wollte den Leonhardsberg hinauf;
er hatte auf dem Leonhardskirchplatz sein Rad stehen, beim 'Lohnhof', wo das Gefängnis war, an der Wand der früheren Musikinstrumentensammlung, die jetzt der Staatsanwaltschaft diente.
Einmal, in der Nacht, hatte er einem Betrunkenen, der aus der Arche
hinausgeworfen wurde, den Leonhardsberg hinaufgeholfen. Oben zog
der ein Schlüsselbund aus der Hemdbrust, er sei der Gefängnisheizer,
ob er ihm heizen helfe. Er fand das Schlüsselloch nicht. Brock nahm
ihm die Kette mit dem Schlüsselbund vom Hals. Er fand in der
Dunkelheit den Kohlenhaufen und das Licht nicht. Schliesslich hängte
er dem Heizer den Schlüsselbund wieder an den Hals, ging hinaus und
schloss hinter sich die Tür.

Sie standen vor der Arche und schwitzten. Der Freund offerierte ihm einen Drink, und es sei kühl in der Arche.

Noah begrüsste den Freund stürmisch und fragte, was der andere wolle. Der Freund sagte, er sei sein Freund. Noah offerierte einen Drink. Sie sprachen über das Wetter. Noah fragte, wie das Wetter jetzt sei. Der Freund sagte, schlecht. Brock widersprach, und deshalb seien sie ja hereingekommen. Noah sah ihn an und fragte den Freund, was er für einer sei. Und der Freund sagte, davon verstehe er nichts, worauf Noah sich und dem Freund einschenkte. So sprachen die beiden hin und her und hin und wieder über das Wetter, und Noah schenkte ein, aber das Schiff tauchte nicht auf, die Flasche wollte sich nicht leeren, und Brock wurde ungeduldig, weil er nichts vom Gespräch über das Wetter verstand, weil die beiden immer nur über das Wetter redeten.

Die Arche füllte sich langsam. Brock ging sonst ins Atlantis, wo eigentlich nur sehr junge Leute verkehrten. Die, die er lange kannte, gingen nicht mehr dorthin. Unter denen, die jetzt in die Arche kamen, waren sie wieder, begrüssten ihn stürmisch und fragten, wie das Wetter sei; dabei waren sie ja die, die von draussen kamen. Sie grüssten ihn und seinen Freund mit dem Nachnamen, so wie alte Schulfreunde es tun. Als Brock auch sagte, sie müssten das besser wissen, wie das Wetter draussen sei, und gar: sie kämen ja von draussen, liessen sie es bleiben und redeten nicht mehr mit ihm.

Da kam ein Mann in einer Uniform herein. Der Freund begrüsste ihn stürmisch, lud ihn zu einem Drink ein, setzte sich zu ihm an den Tisch, und der Mann fragte ihn nach dem Wetter, der Freund sagte, er sei jetzt wieder draussen, der Mann sagte, nicht dass er wieder reinkomme; der Freund liess Noah das Glas des Mannes nachfüllen, der Mann sagte, er sei noch im Dienst, der Freund sagte zu Noah, er solle die Flasche auf ihrem Tisch stehenlassen. Das Schiff tauchte nun immer weiter aus dem Wasser, und der Freund und der Uniformierte redeten immer weiter und lauter, der Mann sagte, er müsse nun aufpassen, er solle nicht so laut reden, er sei ja erst rausgekommen, und der Freund schrie, jetzt sei er draussen, er rede, so laut er wolle, und ob der Mann mit der Uniform — sie duzten sich — sein Freund sei oder nicht. Der Uniformierte sagte, er sei im Dienst, und trank, damit der Freund nicht soviel trank. Die Arche füllte sich nun auch immer mehr mit uniformierten Männern. Brock schaute auf die Uhr. Es war zwölf gewesen. Es setzte sich keiner an seinen Tisch. Sie fragten nur alle, wie das Wetter sei, und die, die ihn nicht kannten, besonders die Uniformierten, von denen er keinen kannte, höchstens vom Herunterkommen, wenn er den Leonhardsberg hochging und

sie herunterkamen und ihm auswichen, obwohl sie schneller als er
gingen, weil sie herunterkamen, besonders die Uniformierten fragten
einander und fragten die andern, mit denen sie am selben Tisch
sassen, was er für einer sei, fragten sogar die, die nicht am selben
Tisch sassen, riefen über die Tische hinweg, aber ihn fragten sie nicht,
und der Freund sagte nicht mehr, er sei sein Freund.

Brock wollte seinen Freund nicht fragen, wo das Pissoir sei, obwohl
es eilte, und Noah wagte er nicht zu fragen, und die andern mochte
er nicht fragen, weil er fremd war, obwohl es ja verständlich gewesen
wäre, weil er ja fremd war. Und auf der andern Strassenseite, bei der
Tramstation, war ein Pissoir.

Die Flasche mit dem Schiff war leer. Und da warf der Freund sie zu
Boden.

Noah blieb vor Brocks Flasche stehen. Und Brock zahlte. Beim
Hinausgehen wollte der Freund ihm zum Andenken das Schiff
mitgeben.

Freitag ist Fischtag

Ich dachte, du seist weg.

Früher hatten sie eigentlich oft miteinander gesprochen; Parkierungs-
probleme gab es bei ihm nicht; niemand stellte sein Auto hier ab,
unter der grossen Robinie mit den vielen Vögeln; sein Auto war weiss
vor Dreck.

Du musst einmal vorbeikommen, ich bin jetzt wieder da.

Sie sprachen davon, dass es eigentlich merkwürdig sei, dass die Raben-
krähen nun langsam Stadtvögel wurden. In der Robinie haben sie ein
Nest mit Jungen. Tatsächlich? Es ist wie mit den Amseln, eigentlich
sind das ja auch keine Stadtvögel. Man finde kaum mehr seine Ruhe.

Am besten am Morgen; da bin ich immer da.

Morgen morgen.

Er musste sowieso etwas erledigen in der Nähe; morgen war der letzte
Termin; es war wegen einer Auskunft; sonst würde er es ja doch
nicht erledigen; es waren ja nur ein paar Schritte bis zum Fischmarkt.
Er erledigte es telephonisch; sonst hätte es ja doch nicht mehr
gereicht.

Und er sagte ja, er sei jetzt immer da.

Ich hätte eigentlich wieder einmal Lust auf frische Fische, sagte er,
als er Fische aus der Tiefkühltruhe fischte. Aber jetzt war es sowieso
zu spät. Und ich habe sowieso keine Zeit, zum Fischmarkt zu fahren,
es lohnt sich nicht; übrigens wollen sie den Fischmarkt aufheben, es

lohnt sich nicht. Ich werde nächsten Freitag welche holen, sagte er.
Er würde dann den Besuch erledigen; es waren vom Fischmarkt ja
nur ein paar Schritte.
Herrgott, wir hätten doch auch einmal am Dienstag Fische essen
können, dachte er, als er am Freitag wieder aus der Tiefkühltruhe
Fische fischte. (Er musste sich noch waschen und umziehen. Die
Abdankung war schon um halb drei.)

Just und Steiner

Justs lebten antik. Steiner war Chemiker und Hobby-Bildhauer. Sie
hatten Neonlicht im Keller. Doktor Just lehrte alte Sprachen; er
redete nicht mit den Leuten; die Jungen fragte er Wörter. Justs Junge
spielte Klavier, der Vater eine knorrige Geige. Er trug einen Hausrock.
Sie assen Fenchel. Bei Steiners, ihren Nachbarn, war das anders: Sie
hatten eine Stereoanlage, und Frau Steiner trug Lockenwickler.
Justs machten jedes Jahr eine akademische Reise. Doktor Steiner
suchte die Steine für seinen Garten selber.
Einmal brachte Herr Just Herrn Steiner Steine aus der Toskana mit,
weil sie sich gestritten hatten, weil Justs Junge Chopin spielte und
der Vater eine knorrige Geige und Steiners eine Stereoanlage hatten.
Herr Just spritzte seine Obstbäume mit chemischen Mitteln und trug
dazu einen Chemikerkittel; Herr Just hörte das Gras wachsen; und
der Junge spuckte die Steine in Steiners Garten.
Justs hatten kein Neonlicht im Keller, dafür hatten sie entsteintes
Dörrobst aus dem Garten im Keller. Und ihr Junge wurde Lehrer für
neue Sprachen.
Als Herr Mörgeli starb, lebte seine Haushälterin weiter im Haus neben
Justs; sie ging kaum mehr aus dem Haus und hatte keine Stereoanlage. Im Nachbarhaus lebte Frau Junckermann; als sie starb, lebte
ihre Haushälterin, Fräulein Wieland, weiter im Haus; sie hatte früher
in einer Confiserie gearbeitet und Justs Jungem Süssigkeiten mitge-
bracht, bis er Klavier spielte. Als Fräulein Wieland starb, wurde das
Haus verkauft. Aebis assen im Sommer im Garten. Sie liessen die
Kieselsteine aus dem Garten räumen und durch Steinplatten ersetzen.
Und ihre zwei Kinder spielten Sommer und Winter im Garten. Und
ein Meerschweinchen hatten sie, das immer in die Nebengärten lief
und pfiff und sang und musizierte. Als Herrn Mörgelis Haushälterin
starb, blieb das Haus jahrelang leer, und das Moos stieg die Stein-
treppen im Garten hoch, und das Meerschweinchen starb.
Horaz ist etwas vom Herrlichsten, sagte Herr Just durch all die Jahre.

Dann kaufte Herr Aebi das Haus von Herrn Mörgelis Haushälterins Erben.
Bollags hatten früher gegenüber gewohnt, in einem der lärmigen Mehrfamilienhäuser, die die Aussicht auf die Stille von Herrn Flückigers Digitalisplantage verdeckten; er verkaufte schon lange keine Eier mehr. Früher wurden nur die Kirchenglockentöne und die Samen der Robinien herübergeweht; Frau Hattenbergers Grossvater hatte mit dem Kirchbau zu tun gehabt, dabei war ihr Mann ein Roter, und die Sonne ging noch richtig rot und nicht wie jetzt gelb hinter den roten Ziegeln unter. Herr Aebi vermietete das Haus an Bollags. Sie hatten drei Kinder, und Herr Bollag war Chemiker, war kein Hobby-Bildhauer und hatte keine Steinsammlung im Garten; er war Mieter. Doktor Bollag spielte keine knorrige Geige und machte keine akademischen Reisen, sie lebten nicht antik, sie assen keinen Fenchel und hatten keine Stereoanlage. Und er hörte das Gras nicht wachsen.
Herr Just hatte jetzt auch Neonlicht im Keller; seine Sammlung antiker Steine wuchs.
Herr Bollag säte im Garten Gras und hörte dazu aus einem Transistor Musik.
Herr Steiner warf Steine in den Garten.

Von Hasen und Kaninchen

Hannes und seine Freunde trugen Sommer und Winter den Mantel.
Die Hasenburg hatte mehrere Eingänge. An einer Wand hing ein Wildsaukopf. Und mitten im Raum stand ein Ofen, der so heiss war, dass man ihn nicht tätscheln konnte. Und hinter dem Buffet pfiff die Kaffeemaschine.
Die Hasenburg wurde morgens um halb sechs geöffnet. Hannes war immer der Erste am Stammtisch. Seit vierzig Jahren kam er hierher. Im Winter war es um halb sechs noch Nacht, er duckte sich unter der Lampe im Eingang und dehnte sich erst wieder, wenn er die Tür und den Vorhang hinter sich geschlossen hatte; im Sommer, wenn es um halb sechs schon hell war, kam er durch die Hintertür vom Gässchen her.
Hannes trank keinen Kaffee aus der pfeifenden Kaffeemaschine, sondern Kartoffelschnaps.
Tag für Tag sass er von morgens halb sechs bis nachts um halb eins in der Hasenburg und ging dann in den Park hinüber, bis die Hasenburg wieder geöffnet wurde.
Hannes hatte kein vorstehendes Gebiss und keine langen Ohren.

Hannes war kein Schnurrer; er konnte Geschichten erzählen; er verdiente sich damit seinen Kartoffelschnaps. Jeden Morgen um halb acht — es hatte in der Hasenburg eine Uhr — schob er den Vorhang ein wenig beiseite, schaute auf die Strasse hinaus und sagte, heute werde er zur Arbeit gehen. Er erzählte dann noch einmal die Geschichte, denn es war noch sieben Minuten Zeit bis zum nächsten Tram; die Geschichte aber brauchte zehn Minuten.

Einmal kam ein neuer Gast in die Hasenburg und setzte sich an den Stammtisch zu Hannes und dessen Freunden. Hannes erzählte auch dem Neuen eine Geschichte und bestellte dazu einen Emmentaler und einen Rettich, denn er hatte noch nicht gefrühstückt. Der Neue trug einen Schnauz, eine Krawatte, ein Gilet, hatte lange Ohren und ganz leise vorstehende Zähne. Er verlangte eine Speisekarte, bestellte dann aber nichts.

Der Neue erzählte vom Essen und dann vom Kochen. Er war beim Roten Kreuz; er zeigte seinen Pass. Seine einzige Leidenschaft sei das Kochen, er wolle Hannes gerne zu sich einladen, damit er einmal etwas Anständiges zu essen bekomme; für sich allein möge er nicht kochen.

Am nächsten Morgen kam Hannes erst um acht. Er bestellte keinen Emmentaler und keinen Rettich. Um neun kam der Neue. Hannes erzählte von da an nicht mehr seine alten Geschichten, sondern er erzählte immer wieder vom Kaninchen, das ihm der Neue serviert habe. Es zerging auf der Zunge, es war Petersilie drauf, und es gab dazu eine Polenta mit Totentrompeten.

Der Neue brachte nun seine Freunde mit. Und wenn Hannes am Morgen in die Hasenburg kam, waren schon alle Tische besetzt, und der Lärm war so gross, dass man die Kaffeemaschine nicht mehr pfeifen hörte.

Hannes' Freunde von früher kamen nicht mehr.

Und später wurde eine Musikbox neben den Ofen gestellt: Es war Sommer.

Generalversammlung

Um an der Generalversammlung eines Industriekonzerns teilnehmen und 'denen da die Meinung sagen' zu können, kaufte jemand drei-viertel Jahre vorher eine Aktie. Auf das ironische Argument, als Aktionär gehöre er nun ja auch zu 'denen da', sei selbst ein kleiner Kapitalist und profitiere vom Mehrwert der Arbeit, von der Profit-maximierung, ging er nicht ein.

Dreiviertel Jahre lang bereitete er seinen Auftritt an der GV vor. Er machte sich Notizen und baute seine Rede, er schrieb und korrigierte und strich, er feilte und schliff, verwarf alles und setzte neue Texte mit noch trefflicheren Formulierungen auf. Er übte seinen grossen Auftritt vor dem Spiegel, erprobte Gesichter und Gebärden, probierte Kleidungsstücke. Er besprach sich mit Freunden und gewann mehr Freunde, wurde bewundert und insgeheim bereits auch beneidet. Diskussionsstoff gab es jetzt immer genug, und es war immer der gleiche. Alle Möglichkeiten des Ablaufs der GV wurden dreiviertel Jahre lang bis in genaueste Einzelheiten durchexerziert: Der Präsident leitet also die Geschäfte. Du spielst den Präsidenten ... Nein, ich ... Kommt, fangt doch keinen Streit an, das ist doch egal, wer Präsident ist ... Also. Traktandum 1, 2, 3 ... Hat jemand dazu noch etwas zu bemerken? Dies scheint nicht der Fall zu sein ... Doch, ja? ... Nein, das 'Doch, ja' muss unwilliger kommen, denn du bist als Präsident eine Wortmeldung überhaupt nicht gewöhnt! ... Also ... Scheint nicht der Fall zu sein ... Doch, ja? ... Und in dem Moment komme ich: Herr Präsident, meine Herren, eh ... Damen und Herren ... Stellt euch die Gesichter vor! Die wagen doch nicht einmal, den Mund aufzutun, das geht an einer solchen GV ja zu wie an einer Staatsratssitzung in der DDR. Da wird alles gefressen. Jemand dagegen? Scheint nicht der Fall zu sein. Wir kommen zum nächsten Traktandum ... Und jetzt steht da plötzlich einer auf. So ist es nämlich: Es muss nur einer den Mut aufbringen, aufstehen und den Mund aufmachen! Daran liegt es! — Das war eine der stehenden Redensarten: 'Ihr müsst eben den Mund aufmachen, das ist ganz einfach!' Den Namen des Präsidenten des Industriekonzerns sprach unser Aktionär bereits aus wie den eines Kumpels, und die Aktionäre hatte er bereits in der Tasche, wenn er nach dem Zigarettenpaket griff.

Der Tag der Generalversammlung kam. Seine Rede griffbereit in der Portefeuilletasche, jedes Wort, jede Bewegung tausendmal einstudiert und auswendiggelernt, betritt unser Aktionär den riesigen Saal mit dem exakten indirekten Licht und setzt sich zu dem Menschenmeer der Mitaktionäre. Es ist ein Plaudern, Lachen und Lärmen. Er kennt niemanden, er übt dafür noch einmal seine Rede. Jetzt wird es still in dem hohen, hellen Saal. Jetzt betritt der Präsident das Podium, ein wenig zögernd, ein kleiner Mann, 'bescheiden', würde man sagen, 'ein Mann wie du und ich'. Klatschen. Stille. Stille. Und jetzt das Gesicht des Redners riesig mittels einer Fernsehkamera an die Wand hinter dem Podium projiziert. Man sieht jede Zuckung — was unsern kleinen Aktionär gefangennimmt und beruhigt. Traktandum 1 ... Gegenstimmen? Keine ... Traktandum 2 ... Bemerkungen? Keine ...

Jetzt wird das entscheidende Traktandum kommen. Er zögert, in die Tasche zu greifen, sich zu vergewissern, dass die knisternde Rede noch da ist, fühlt sich ertappt, schaut in die Runde. Der Nebenmann wippt mit dem übergeschlagenen Bein. Das Gesicht wieder an der Wand, die kleinen Zuckungen, der Atem im Lautsprecher, stockend, ja. Das Menschenmeer, der schmale, aber lange Gang. Unser Aktionär macht sich bereit, nimmt sein übergeschlagenes Bein herunter, bewegt es, räuspert sich — genau wie der Präsident —, vergewissert sich, dass er das Beruhigungsmittel noch in der Tasche hat (es wird von dieser Firma hergestellt), er stutzt sich mit den Armen auf die Stuhlplatte, nachdem er noch einmal die Hände an den Hosenbeinen abgewischt hat; er ist nun fertig und sprungbereit.

'Wir kommen zum Traktandum Varia. Hat dazu jemand etwas zu bemerken? Dies scheint nicht der Fall zu sein.'

(Als später von dem stillen Drama berichtet wurde, schüttelte die Konzernleitung die Köpfe und grinste mitfühlend, ja irgendwie besorgt. 'Ja, warum hat er sich denn nicht gemeldet?!')

II

Erfahrung

Ich nippe an der Schale
der Tee ist ein Spiegel
der Spiegel nippt
ich verliere mein Gesicht

Biologieunterricht

Wo wir noch den Laich holten
mit dem Einmachglas
das Gelände ist überbaut worden
keine Unkenrufe
in den Lachen
keine Geburtshelferkröten mehr
im Frühjahr
das Gesumm der Fabrik
daneben die neue Schule
(mit Laich in Einmachgläsern
für den Biologieunterricht
in der Fensterfront
spiegelt sich die Umwelt
Türme Himmel Fensterfronten

und die Arbeiter
die die Leiter hochklettern
in bunten Überkleidern)

Das Haus

Abseits der Durchgangsstrasse
an der Herbstgasse
liegt noch Schnee
steht noch das alte Haus
wo wir ein und aus gingen
als Kinder
als das Haus noch zu gross war

Die hörbare Wanduhr
früher

mit den Tannzapfengewichten
die sich auf und ab bewegten
nicht rundherum wie die Uhr
die Telephonmuschel
voller Speisereste
das Bild an der Wand
schon als Bernoulli noch lebte
der Physiker
arbeitete in einer Lampenfabrik.

(Es ist noch nicht verkauft)

Frühling

Das Denkmal
an die Schlacht
den Winter über grün geworden
wird gereinigt
und auch diese Landschaft
draussen
vor der Stadt
mit den Türmen
ohne Rauch
Schwefelbergen
silbrigen Kesseln
zeichnet sich wieder ab.

Neustadt

Der Bauer kratzt
ein Vogelnest
aus einem alten Schuh

Die Kaninchenställe weichen
Appartmenthäusern
die Digitalisplantage

Der Kamin der
Kehrichtverwertungsanstalt wird
erhöht

und bemalt
dahinter der Schlachthof-
neubau
mit einer Spezialhalle
für die Pferde

Die Fenster eine Leiter
der Zentralwäscherei
erleuchtet
die Psychosomatische Station
mit Bäumen der 'Aktion grüne Stadt'
das Altersheim
mit einer Arche
aus Eisen
die Mauern der Nervenklinik
an der Flughafenstrasse
fallen
der Brunnen
an der Schwarzwaldallee wird
Stein für Stein numeriert
und abgetragen

Hier gibt es Strassen
hier gibt es keinen Ausweg.

saumtiere

einst gingen saumtiere gleichmütig heute noch gehen die bäume den
berg hinauf kriechen und bleiben stehen im wind wo sie der schatten
der seilbahn flüchtig überholt, vereinzelt über der baumgrenze die
holzhütten verwittert mehr als die draussenstehenden bäume gehen
die hütten noch weiter gebückt die bucklige weide hinauf grasend
kein vieh mehr, kaum sichtbar ging der pfad den berg hinauf der nie
mehr ankommt, zertreten und verwachsen eilen die vielen wege über
die weiden die -kreuze und lachen voller rossnägel, weit unten die
hütten sind stehen geblieben die auseinanderlaufenden wege die seilbahn die im spielwarengeschäft unten im tal zu haben ist mit lichtbildern im innern vom berg und der aussicht berge bäume hütten
weiden souvenirs
doch oben angekommen die VILLA CASSEL jugendstil grau und
gross wie der berg und mit grünen türen und läden aufgemalt und

nicht mehr aufschlagend im wind kristalleuchter seien sinnlos im
innern höchste und weiteste räume erzählen die einstigen hütten-
bewohner wenn sie vom tal herauffahren leise in neuen glänzenden
schuhen, erzählen vom einsamen schlossbewohner und wie er die
saumtiere fütterte wie sie toilettenkästen besucher heraufgeschleppt
haben zementsäcke um die aussteuer zu verdienen für fünfzig rappen
das war damals noch etwas die bergschuhe hielten noch fast ein
menschenleben lang wie sie churchill in der sänfte den kargen berg
hinaufgetragen haben weltgeschichte von der die alten leute heute
noch erzählen bäume gebückt im wind der geschichte rund um das
schloss war damals noch ein zaun den die bergler errichtet haben aus
dem holz das den berg hinaufgewandert ist von selbst noch schwimmen
die pfähle in den lachen hocken die kröten und das lichtbild in der
spielzeug-seilbahn drehbar mit einem knopfdruck vom einsamen
schloss das verwittert wie bäume wege berge und hütten und die
väter die die seilbahn auseinandernehmen wenn der mechanismus
der diapositive nicht mehr funktioniert oder sie wieder zusammen-
zusetzen versuchen wenn sie zerschellt ist wie die richtige und das
rad der lichtbilder noch weiterhüpft den hang hinunter
ausgesucht habe lord cassel sich diesen ort 'weil es der schönste ist'
und wohlstand habe cassel gebracht damals telephonleitungen elektri-
sches licht eine neue kirche und den kühen wurden die glocken
verstopft mit stroh weil churchill den lärm nicht ertragen konnte,
wie der festredner sagt im angesicht des höhenfeuers, wo türen und
fensterläden rahmenlos bäume aufrecht lodern zwischen den steinen,
bevor die gemeinde aufrecht ins tal hinunterfährt.

Zu Kafka

Diese Meldung
beim Blättern in alten Ausgaben des 'Kurier':
eine Frau Josephine Kafka
hat ihren Mann mit dem Küchenmesser umgebracht
während er las.

Morgen

Der Alte am Reck
hinter dem Eibenzaun
an der Glaserbergstrasse

(Was tut er später
wo ist er nun)

Rost am Weg

Es ist Nacht
es regnet
der rostige Christus
leuchtet am Weg.

Violinschlüssel

Wir haben irgendwo gelesen: 'Die Kühe lagen wie Violinschlüssel auf
der Weide' (bei Musil natürlich). Nach dem Kalender ist es Herbst.
Die Landschaft ist grün. Die Struktur der vereinzelten Bäume tritt
hervor, die schwarzen Äste provozieren es. Die Bäume sind nicht
mehr grüne Schatten. Es hat geschneit. Der Schnee ist schneeweiss.
Die Äpfel sind klein, aber rot; sie bilden im Anblick Tupfen und
sehen aus 'wie im Bilderbuch', und es ist nicht kitschig. In der Nacht,
vom Licht aus den Fenstern beschienen, sehen die Bäume wie
verschneit aus. Der Schnee ist schon wieder getaut.
Aus den Fenstern, kaum ist der Abend eingebrochen, flimmert es
blau/weiss/tot. Wie der Schnee, sagen wir, der macht, dass sich die
Dunkelheit kaum bis zum Boden senken kann, weil der Schnee am
Abend weisser wird und zu steigen scheint. Die Landschaft verliert
ihren Gegenstand, ihre Einzelheiten, an denen man haften geblieben
war, und bekommt, könnte man sagen, Geometrie, Topographie,
Zusammenhang und Zusammenhalt. Es wird wieder übersichtlich. Sie
ist und bleibt. Unmöglich wäre der Gedanke: Schnee auf eine rote
und gelbe, herbstlich genannte Landschaft. Es wäre nicht Herbst. Man
müsste sich etwas einfallen lassen. Aber das Grün bricht wieder durch,
Flecken. Nicht Schnee-, sondern Grünflecken. Die Bäume sind wieder
grüner, der Boden noch weiss: der Boden fällt auf.
Die Strassen und Flüsse, man konnte sie von weit nie unterscheiden,
wurden verwischt. Sie stehen nicht mehr so, sie sind nicht mehr
statisch wie damals, als sie befahrbar waren. Man bekommt wieder
Lust zu gehen, weil kein Ziel unweigerlich, eingebildet und da ist und
sich schwer auf den Weg legt, verbarrikadierend. Es ist wieder möglich
geworden. Man legt sich über die ganze Gegend. Es ist keine Gegend
mehr.

Die Kühe liegen nicht mehr wie Violinschlüssel auf der Weide, sondern wie Kühe. Die Dörfer, weit unten, und Städte, sie gehen unter, weiss, und zeigen prompt ihre Sternbilder, wie man aus der Erfahrung weiss. Man ist eh draussen, besonders, schaut man aus den Fenstern, die unterteilt sind, was nicht stört, was keine Teile und Gitter mehr macht. Die Landschaft kann dadurch nicht zerstückelt werden. Gerade die Unterteilung der Fenster macht, dass die Landschaft dahinter als Einheit und weit wirkt. Man probiert es wieder, man kann sie durch das geschlossene Fenster hindurch abzeichnen, ohne dass die Scheiben zerbrechen.

Aus den Fenstern der Nachbarhäuser flimmert es zwar noch ein wenig weiss/blau/tot. Dann werden die Fernsehapparate gelöscht. Man erinnert sich an die Schuttplätze in allen Lichtungen und an die riesigen neuen Container, die kürzlich aufgestellt worden sind an den Strassenrändern. Die Kühe liegen nicht wie Violinschlüssel auf den Weiden. Keiner hat uns das weismachen können, so sehr es repetiert worden ist. Wir kämen niemals auf den Gedanken, Kühe in ihrem selbstverständlichen ausgeruhten Daliegen mit Violinschlüsseln zu vergleichen. Das Bild, wie gesagt, konnte uns hundertmal gezeigt werden, und alle Erklärungen und Überzeugungen, alle Essays nützten nichts, es hat die Kühe nicht zu Violinschlüsseln gemacht. Und das lag nicht nur am Geläut. Das lag nicht nur an den Kühen oder gar den Violinschlüsseln. Es ist nicht einmal die Erfahrung, dass auf den Wiesen keine Violinschlüssel liegen — wir achten nicht darauf, wir kämen nicht auf die Gedanken, die immer absurd sind, wir kämen auch nie auf die Idee, es zu untersuchen, und nicht nur, weil es unsinnig wäre. Ja selbst wenn wir auf einer Weide Violinschlüssel fanden, was sich häufte, was uns durchaus nicht überraschte, weil wir alles selbstverständlich für möglich halten, weil wir offen sind für alles, es wurden absichtlich, und selbst wir halfen dabei, die Weiden in Violinschlüsseln erstickt, kamen wir nicht auf die Idee, sie für Kühe zu halten, oder also besser: die Kühe für Violinschlüssel. Wozu auch? Es gibt kein Lied. Und selbst, kennten wir die Funktionen nicht. Und selbst, wenn wir, was kein Mangel sein kann, nicht Violine spielen können (könnten). Weil es keine Violinen braucht zum Lied. Wir haben das alles nicht nötig. Und wenn wir nicht wissen, was eine Kuh ist und was ein Violinschlüssel (noch nicht eher als nicht mehr). Und wenn wir nichts damit anfangen können. Eine Kuh bleibt eine Kuh, ein Violinschlüssel ein Violinschlüssel, obwohl uns ständig etwas anderes eingeredet werden wollte.

Weil es belanglos ist. Uns fehlte dieses perverse Bewusstsein. Ja nur schon, eine Ähnlichkeit als einleuchtend zu empfinden. Und unsere

Wahrnehmungen hatten nie den Sinn und Zweck, immer wieder den Beweis zu finden. Etwa: dass die Behauptung, Kühe könnten etwa wie Violinschlüssel auf der Weide immerhin liegen, falsch ist, oder richtig. Es ist gleichgültig. Uns ist es egal geworden. Nur, warum haben wir den Satz behalten? Weil er originell war? Weil er falsch ist? Weil er ausgesprochen wurde? Es lässt sich nicht mehr eruieren. Es ist gleichgültig geworden, weil es schon immer gleichgültig gewesen ist. Es hat sich ausgesagt hier? Nein, überhaupt nicht. Hier lagen Violinschlüssel auf den Weiden, die läuteten und muhten. Wir haben den Violinschlüsseln Glocken umgehängt. Wir haben den Violinschlüsseln die Glocken mit Stroh gestopft. Wir haben die Kühe gespannt und Geige gespielt. Wir haben die Violinschlüssel gemolken und geschlachtet.

Nein, es ist nicht wahr, was da immer behauptet werden wollte: diese Erde sei geologische Schichten tief unter den Sätzen über sie begraben und nicht wieder auszumachen und hervorzukramen, diese Welt sei eine einzige Sage geworden und in den Erzählungen erstickt, die Wirklichkeit könne nur mehr ein Abklatsch sein, eine Zeitung, die wir wegwerfen, ein TV-Apparat, den wir aufdrehen und abdrehen können; es erdrückten die Bilder die Landschaft wie Schnee, und es erschlage die Menschen mit ihren Photographien, die Welt sei in Zeitungen eingewickelt, verschnürt und abgesandt, und es sei wie mit dem Riesenpaket, das der Pöstler regelmässig zum Geburtstag brachte, und regelmässig habe man daran geglaubt, geöffnet, und dann seien lauter Verpackungen, mit zerknüllten Zeitungen gestopft, hervorgekommen, und man habe gesucht, und am Ende sei man mitten in einem Berg von Verpackungsmaterial gestanden und beginne die alten Zeitungen in der Enttäuschung zu glätten und noch einmal und wieder zu lesen: und es entstehe.

Auf den Schutthalden, in den entblössenden, blendenden, zuwachsenden Lichtungen liegen die ausgedienten Kommunikationsapparate, nicht sinnlos, sondern deswegen wachsen die Lichtungen endlich wieder zu. Aus den Fenstern scheint es noch eine Weile weiss/blau/tot nach, dann wird wieder Licht gemacht und gleich danach gelöscht und am Morgen wieder gemacht. Zeichen und Nachdrücklichkeit des Morgens. Es entsteht wieder, sind die Lichter gelöscht, eine Landschaft, weisser und nicht duftend wie die Morgenzeitung, atmet man noch so tief, was einen früher schwindlig gemacht hat, ahnungsvoll und erinnerungsreich. Auf den Weiden liegen die Violinschlüssel und drehen sich. Wir spannen die Kühe und spielen ein Lied und gekonnt. So viel Lieder und Sagen, so viel Nachrichten und Zeitungen haben sich auf die Welt gelegt alldick, in jeder Lichtung liegen sie noch und flimmern und tönen nur nach, längst überwuchert. Es ist ein Quaken. Sie haben es provoziert. Es waren sogenannte Schallwellen und Lichtsignale, es waren nur Apparate, die Nachrichtenvehikel haben die Welt nicht zu überfahren vermocht, sondern farbiger gemacht. Noch hüpft eine Filmrolle den Hang hinunter, verwickelt und brennbar. Mrs. Shuttle soll aus Liebhaberei Riesenfrösche gezüchtet haben, so fruchtbar, dass sie nun zu einer Plage werden, es stand im 'Stern', wir haben es im 'Spiegel' gelesen, es war ein Bild im 'Bild', eine Schlagzeile in der 'Welt', ein Kommentar in der 'Zeit', eine Story im 'Kosmos', ja es war sogar im Lexikon zu finden. Facts und Spekulationen, Geschichten und Theorien, Geologie, Essays, damit die — mit dem Hammer und Meissel und Kartenmaterial bewaffnet — beschäftigt waren. Dokumentenschutt, Material, wuchernd, brennbar, verwertet. Sagen, atmosphärendick, Wörter, die sich auf die Welt gelegt haben sollen: man kann skifahren, es ist ein Sport. Es ist wie Schnee. Der Realitätsschutt bildet den Humus. Archive, Historien Geologien, Paläontologien, Ontologien. Eine Filmrolle stolpert den Hang hinunter, eine Spielzeug-Luftseilbahn mit Lichtbildern im Innern, von ebender Aussicht, zwischen Herbstzeitlosen und Krokussen, und bleibt darin stecken, ein Skifahrer, ein wenig verspätet. Es taut langsam. Gäbe es keine Landschaft, gäbe es keine Lichtbilder. Gäbe es keine Photographie, gäbe es keine Menschen. Ich gehe spazieren und begegne keinem einzigen Saurier, keinem Menschen, nicht einmal ihren und meinen Versteinerungen. Die Kühe liegen wie Violinschlüssel auf der Weide.

Zukunft (Statik)

Mühsam ist es
aus dem All zurückzukehren
besonders wenn man zu Fuss ist.

Container kreisen noch
irgendwo unsere Vergangenheit ist
im All in diesem geduldigen Eimer
der Welt
haben wir abgesagt
den Kosmos haben wir
hinter uns haben wir
Wissenschaften und Anwendungen
stammen aus Grossvaters Zeiten.

Noch ziehen sie sie auf
Grossvaters goldene Uhr
baumelt an der Kette.

Wir haben die Zeit
die Welt den Stern den Spiegel
die alten Zeitungen haben wir
weggeworfen.
Wir haben Zeit.

'Halt an wo laufst du hin
der Himmel ist in dir'
wie schon im Mittelalter
singen wir
wir sind
wir sind
die Wege die wir gegangen sind
sesshaft geworden und hiesig
nach langen Umwegen ist
die Erde aufgegangen
endlich
wird es Morgen.

Lesegesellschaft (Häuser)

Der Platz vor der Häuserzeile, auf dem man steht und sich langsam
zurückzieht im Frühjahr, wenn die Bäume aus den Häusern treten,
zögernd und später denn plötzlich, auf den Platz heraus, der seine
Fläche verliert gegen den Sommer zu
verschwinden die Häuser in sich selbst. Nur noch die Bäume mit
ihren jetzt stilleren Atemübungen, die den Platz verdrängen. Wohin?
Man verliert den Stand, wenn sie nun ganz in ihrem Grün verschwinden,
bis es gelber wird gegen den Herbst zu, das Licht langsam fällt,
folienweise, und aus dem Boden steigt, sich häuft, und die rascheln-
den 'Notenblätter', wie ein Poet verzweifelt dennoch sagt, braun:
wieder Boden. Und die Bäume, die vor dem Winter in die (Fachwerk-)
Häuser zurücktreten, das heisst, sich mit der Zeile vermischen und
dann noch weiter zurücktreten und die weisse Zeile tritt hervor:
Flüchtige Dimension, Saugwirkung, die bald wieder verlorengeht,
sich einsackt, in sich zurückzieht.

Die Häuser, zweidimensional, vor denen man trotzdem steht, die
Häuserzeile jetzt endgültig, verbarrikadiert, mit dem Schild:
Lesegesellschaft. Nach diesen kurzen Atemübungen.

Abend

Wie der Raum plötzlich
klein wird
wenn er erhellt wird
die Landschaft verschwindet
weil Licht gemacht wird
die Augen an der Holzdecke
das Gesicht verlieren
und man plötzlich
die andern Körper riecht
die Fenster aufreisst
die Läden später dennoch schliesst
und weiss:
eigentlich sind sie grün.

Herbst

Grau und überwachsen der Gletscher
während der höhere Wald vergilbt
am Abend sind die Stämme deutlicher
die ausgedienten Fernsehapparate in der Lichtung der Schutthalde
die Konservendosen in der eingezäunten Wetterstation sind leer
die Lachen auf allen Weiden
Augen von weit schwarz und seicht und bald voll Schnee
von weit der Lärm einer Motorsäge
in dem die Seilbahn verschwindet
ein weggeworfener Ast
ein Spazierstock beschriftet
die rostigen Alpenrosen mitten im Weg
der sich bis hierher verlor im Verlauf des Jahres
und auf der Zündholzschachtel die leer ist
der Weg der mit jedem Schritt wissend geteilt wird
Ein sogenanntes Wild steht still
und das Gebiss eines Marders voll Moos
im Bahnhof später unten in der Stadt

zwischen den Lautsprechern und wachsenden verschalten Rädern
die stehen und weitersingen
unüberhörbar
das eingerollte Wild auf den Perrons
bepelzt und auf Haufen geworfen
noch mit verkeiltem Geweih
tot und wartend
zwischen den Passanten.

Zeitung und Zeit,
Fahrkarten und Ansichtskarten

I

Es gibt Leute, die schlagen die Zeitung von hier schon auf, wenn der
Zug noch nicht einmal abgefahren ist. Am Ziel lassen sie die Zeitung
dann — vielleicht sogar offen — im Zug liegen, so dass Leute, die da
einsteigen und ja noch weiter wegfahren von da, von wo die Lokalseite
berichtet, gezwungen sind, diese Zeitung zu lesen, weil sie so daliegt,
und gar nicht dazu kommen, ihre eigene Zeitung zu lesen, so dass sie
die dann lesen müssen, wenn sie schon lange am Ziel sind. Da sitzen
sie dann im Bahnhofbuffet oder gar im Wartesaal. Und möchten
eigentlich schon lange wieder daheim sein.

II

Gleich hinter dem Eingang im Bahnhof Plakate mit Ankunfts- und
Abfahrtszeiten, da sind auch alle Gleise drauf (sogar das, wo du hin
musst, und wie lange da hin der Weg dann ist!), und dann hängen da
immer mehr Plakate, es gibt nicht nur eines und eine Zeit, du weisst
nicht mehr, auf welchem du jetzt nachschauen sollst, und du bist
spät. Du schaust vielleicht auf jedes, wenigstens auf mehrere, immer
wieder, und verlierst Zeit, die du nicht hast (verlierst also eigentlich
keine). Kommst du endlich zum Gleis, steht da schon das Ziel; du
nimmst dir nun Zeit. Und da ist dann eine Uhr, da steht nicht die
Zeit drauf, sondern die Abfahrszeit. Und du hast doch noch Zeit
(dabei hattest du keine), oder es steht da noch die Zeit, wenn der
Zug schon lange abgefahren ist, oder es steht da die Zeit, dabei hat
der Zug Verspätung. Du hast Zeit, du gehst noch einmal zu allen
oder mehreren Zeittafeln. Und vergisst den Zug.
Gehst zum Wartesaal, aber da sind mehrere, und du kannst dich nicht
entscheiden. Wartest vor den Wartsälen und so vergeht die Zeit und
du musst immer länger warten. Sitzest du schliesslich in einem Wart-

saal, hast du dich entschieden, wo du endgültig sitzen willst, sitzest du so, dass du die Uhr im Spiegel siehst. Sie geht zurück.

Da stehen Leute vor Zeittafeln, dabei kommen da Züge an und fahren ab, aber die Leute schauen nicht links und nicht rechts, die können auf die Zeittafel schauen, die schauen nicht einmal mehr auf ihre Armbanduhr zum Vergleich, sondern stecken die Hand tief in die Tasche, schauen nur auf die Uhr, für alle hoch über allen entfernt.

III

Alle Richtungen, steht über den zwei offenen Fahrkartenschaltern; die übrigen Schalter, über denen die Ortsnamen stehen, sind alle geschlossen.

Da fährt der Schalterbeamte mit einer einzigen Hand über die Fahrkartenregale, und die Leute stehen Schlange.

Auf den Fahrkarten steht nur das Ziel, nur der Name. (Das ist nicht wie bei den Trambilletten, auf denen das ganze Streckennetz steht, nicht nur, wo man hinwill, und das Ziel steht gar nicht namentlich drauf. Und dann zerreisst der Billeteur das Papier. Aber nicht ganz, und jetzt gibt es keine Billette mehr, sondern nur noch Fahrkarten. Die Zugsfahrkarten werden nicht zerrissen, und wenn man schön fragt, darf man die Fahrkarte behalten.)

IV

Einer steht im Bahnhof vor dem Ansichtskartenständer. Am Anfang geht er rund um den Kartenständer, weil er sich noch nicht zu drehen traut. Er findet nichts. Er fängt an zu drehen, vom Gehen ist ihm schwindlig geworden, bleibt stehen. Da wird ihm schwindlig, wenn er den Ständer dreht. Dreht, dreht immer schneller, findet nichts, sieht nichts mehr (und die Ansichtskarten können aber nicht davonfliegen, sie sind fest eingeklemmt, sie sind so fest eingeklemmt, dass du keine hervorziehst, du hast Angst, du kannst sie nicht wieder zurückstecken, wenn du sie gar nicht willst, du musst die Ansichtskarte in den Händen halten, um zu wissen, ob du sie willst). Dreht, dreht, dreht.

Tag der Arbeit

Die Ausstellung
im Gewerbemuseum
Geschichte der Schweizerischen Arbeiterbewegung
von einem Historiker gezeichnet

im Eingang
ein roter Fahnenstrauss
im Schirmständer
Grünzeug Asparagus
die Mäntel hängen an der Garderobe
'Es kann keine Haftung übernommen werden'
Fabrikordnungen
aus dem letzten Jahrhundert
Plakate Aufrufe
Arbeiter heraus!
hinter Glas
auch die Wahlpropaganda
für das 'Recht auf Arbeit'
das vom Volk verworfen wurde.

Schlumberger

Schlumberger war ein Fabrikant
im vergangenen Jahrhundert
'sein Bäcker buk jeden Morgen die Brötchen
nach seinem Rezept
deshalb heissen sie heute noch Schlumberger

Zum 100jährigen Jubiläum
wurden die Brötchen
einen Morgen lang
zum alten Preis verkauft
sie gingen weg wie frische Brötchen
Ein Schuljunge kaufte gleich hundert Stück
und spielte damit Fussball.

Vorfrühling

Die Vorhänge
werden gewaschen
die Höhensonne
kommt unters Dach
den Bergstock hole ich
herunter

die Kartoffeln im Keller
bekommen Augen und Strahlen

Im Käfig hängt ein Spiegel
beim Käfigreinigen
flog der Vogel davon

Die Metzgerei ist
jetzt eine Fahrradhandlung
an den Haken
hängen die Räder

Im Garten
im Gitterzaun
ein gelber Kokon
im Weiher wird
das Laub zusammengekehrt
der Wasserhahn
ist ein Frosch
Tante Erna hat Krebs
der Junge will auch einen haben.

Fenster

Nicht dieses Haus voller Fenster
aufgehen in der Landschaft
die weichenden Wände und Strassen die Hügelzüge
und nicht mehr mein Rad mein Auto mein Flugzeug
nicht mehr mein Leib ist mein Haus

Was war früher die Landschaft die Gegend
was war das Flussknie ohne die Stadt
die Kirchen Fabriken und Häuser
die sich nicht mehr einbetten in das Land
mit den vielen Fenstern

Vertrieben aus den Höhlen Eishütten Kathedralen Fabriken
den Häusern und Müttern vertrieben aus uns
hier spielt ein Kind mit Autos Schiffen und Flugzeugen

Mutter du bist nicht mehr mein Sarg
aufgehend in der Gegend die ganze Erde ist das All
mein Sarg und trägt mich
und ich mach es mir bequem
im heissen Schnee
unter der Rinde Wahrheit
Schnee
nichts
es taut
die Bäume blühen
es schneit
die Spuren im Schnee
sind blutig
eine Rose hat sich geritzt
eine Biene hat sich gestochen
eine Biene hat eine Rose gestochen

Ich blühe
Blüten stöbern
auf meinem Grab

Wenn ich ein Vöglein wär
ich flög zu mir
Da ich ein Vöglein bin
und auch zwei Flügel hab
flieg ich zu mir.

wie wirklichkeit entsteht

ein stiller nachmittag mit schwefelbergen und silbrigglänzenden
    tanklagern
das summen der krane ein unkraut hat die strasse gesprengt
ich liebe diese poetischen nachmittage im hafenrestaurant schiebt
    einer eine münze in den wurlitzer
und keiner weiss
ich bestelle noch ein bier und telephoniere einen lagebericht durch
minuziös bilde ich also diese wirklichkeiten ab
sollen sie ihre zeitung haben

ein land ist in angst es kam in den nachrichten
doch es war so

13.05 schellte das telephon der anrufer fragt ob es wahr sei
ein schwarzer mercedes mit den kennzeichen OL-265
mit saboteuren besetzt auf dem weg in die schweiz
14.00 beginnt die landratssitzung
in der pause erzählt unser berichterstatter von dem anonymen
    anruf
das polizeikommando wird unterrichtet
die reporter sind schon im auhafen
dann muss etwas dran sein

ich liebe diese poetischen nachmittage
die stille der schwefelberge und tanklager ein unkraut
das die betonierte strasse sprengt
und einer schiebt noch eine münze in die musicbox
16.45 in aller ruhe werden und emsig die massnahmen getroffen
ein gigantischer überwachungsdienst
ja der apparat funktioniert wie das läuft wie am schnürchen
ich brauche nur ein wenig dran zu zupfen
und betrachte mir das alles in aller ruhe diesen poetischen
nachmittag im hafenverwaltungsgebäude die kommandozentrale
fast ein wenig erschreckend
die technik die ich so liebe maschinenpistolen liegen herum helme
    zeitungen funkgeräte
und auch die verpflegung wird organisiert
alles geht jetzt von selbst automatisch und beginnt
endlich zu leben das liebe ich
ja so ein inszenierter nachmittag
adam von bertha verstanden ende lagekarten und das exakte
    journal
in dem ich blättere unwissend arglos und nicke ernsthaft
ja so ein tag endlich getimt mit überlegener regie
und allen den verzweifelten schauspielern die endlich agieren dürfen

18.00 gleicht die ganze gegend schon einem heerlager
die pflanzlandpächter vergessen sogar ihre
mehr und weniger poetischen blumen und kohlköpfe
ich zücke das notizbuch und höre mir an
die klagen über die lage und
die taufe am sonntag die fische werden ins wasser fallen
    meint der polizist hier im sonderdienst dann kann ich pfeifen
wenn die vögel aufhören zu pfeifen bei inspizierung der lage
unsere inszenierung

und keiner weiss die nacht wird
taghell beleuchtet
den staat wird es millionen kosten sankt florian
das feuerlöschboot patrouilliert die
informationsredaktoren schneiden und kleben und
werfen papierschlangen in den papierkorb
die raumpflegerin räumt geduldig auf
und ich gehe schlafen während die landwehr mobilisiert wird
was dementiert wird und später bestätigt wird
nein es war keine falschmeldung
und ich weiss das lachen zu unterdrücken das wissen
sabotage.

III

Ich lass mir den Tag nicht vermiesen

durch eure glanzlosen Gesichter
die Sonne die 'wie ein Eidotter in den Wolken hängt'
wie Dichter schreiben.
Ich esse in aller Ruhe meine Spiegeleier
am Morgen schon mit Bratkartoffeln und Spinat
geniesse dann eins nach dem andern
den Vogelsang nicht den Pfarrer Vogelsang
auf den die Vögel
immer noch mächtiger
von allen Dächern pfeifen
Während ihr an der Arbeit sitzt still in euch versinkt
tauche ich langsam auf
und mach mir einen schönen Tag
lutsche auch mal am Eiscornet dieses Mädchens
das mir entgegenkommt
und trag ihr sogar den Koffer
zeig ihr die Bäume im Treibhaus des Botanischen Gartens
von aussen betrachte mir das alles von aussen
und darüber der bunte Baukran der langsam aufgerichtet wird
im befriedigenden Bewusstsein
ich habe noch nie etwas Nützliches getan
ich klettere vielleicht nicht einmal nur in Gedanken
die Leiter aussen an diesem Fabrikturm hoch
ich nehme nicht wie die andern den Lift im Innern
denen würde schwindlig
draussen im Freien
schaue ich doch interessiert zu
wie die alte Fabrik gesprengt wird langsam in sich zusammenfällt
während das Dach unter mir der Gassilo
federt und widerhallt.

Die Pragmatiker

Sie reden von der Realität, weil es dieses Wort nun einmal gibt.
Sie stehen vor der Realität, weil sie vor ihnen steht. Wo sie einen
Fluss sehen, bauen sie Brücken, weil man Brücken baut. Wo sie
gehen, bauen sie eine Strasse. Sie handeln nach Gesetzen, weil es
Gesetze gibt. Sie richten sich nach den Realitäten, weil es das
gibt, weil man sich danach richtet, weil man so sagt. Sie fahren

auf den Mond, weil man auf den Mond fährt. Sie sind auf dem
Mond, weil man auf dem Mond ist. Sie nennen uns, die wir auf
der Erde stehen, Romantiker und Phantasten.
Während wir im ersten Stock Liebe machen, Tag und Nacht,
verkauft der im Parterre per Telephon Tapeten; die Fenster
stehen offen. Er beliefert die ganze Welt mit Tapeten. Er redet
immer nur von Tapeten, Tag und Nacht. Er wird die ganze Welt
tapezieren, weil man Tapeten produziert, wenn man Tapeten
produziert. Er hat nichts anderes im Kopf. Er lässt sich von
unseren Schreien nicht ablenken. Die Realität, vor der sie stehen,
ist das Produkt ihres Wahnsinns. Sie nennen sie wahnsinnig schön
und wahnsinnig gut. Sie glauben daran.
Pragmatismus ist das Bekenntnis zum Wahnsinn. Pragmatiker, wie
sie sich überlegen nennen, sind Wahnsinnige. Es leuchtet ein, dass
Wahnsinnige entlarvt werden müssen. Sie aber lassen sich nicht
entlarven, denn als Wahnsinnige tragen sie keine Larve. Wer ihren
Wahnsinn darzustellen sich aufmacht, wird als Wahnsinniger
entlarvt. Sie lachen wie die Wahnsinnigen und bringen uns noch
ins Irrenhaus.
Dem Begriff pragmatisch ist nicht beizukommen, denn tatsächlich
besagt er ja: sachlich, auf Tatsachen beruhend, und sogar: nützlich.
Das alles sichert den Pragmatiker — scheinbar und deshalb tatsächlich — mehrfach vor dem Wahnsinn. Im Wort Pragmatismus
liegt auch das Wort Realismus. Nichts von diesem hohen philoso-
phischen Realismus, der auch immer leicht der sachlichen Wirklichkeit zu entfliehen droht. Jeder Realist, wird seine wirklichkeits-
nahe Einstellung, wird der Realismus als sicherer Wirklichkeitssinn
angezweifelt, sagt von sich, er sei 'ein alter Pragmatiker'. Dem
ist noch viel weniger beizukommen, als 'der alte Pragmatiker'
sich auch noch etwas darauf einbildet, sich etwa in den 'philoso-
phischen Begriffen' nicht auszukennen. Wir finden das zwar
lächerlich, uns lässt der Pragmatiker kalt, weil er eine lächerliche
Figur ist in seinem unumstösslichen Glauben an die — wahnsinnigen — Tatsachen, die er zu schaffen sich abmüht. Doch die
Tatsachen, sie wirken zwar lächerlich, aber sie sind es nicht,
weil sie dastehen.

Wir kommen damit zu genau dem Punkt, der es noch schwieriger
macht, den Wahnsinn der Realisten und der Pragmatiker zu
entlarven: Es ist das, dass sie durch ihr ihrer 'wirklichkeitsnahen
Einstellung' entsprechendes Handeln sich auch prompt noch als
Produzenten dieser Wirklichkeit herausstellen, und wir andern

stehen als die Handlungsunfähigen da. Es verwundert nicht, wenn die Realisten sich sofort auch als Idealisten bezeichnen. Unmöglich, sie auf den Widerspruch aufmerksam zu machen; denn ihr Handeln ist ja genau das Indiz dafür, dass sie mit ihrem sogenannten Geiste die Materie bestimmen, die von ihrer Hand dasteht, dass diese sogenannte Materie recht eigentlich eine Funktion ihres — pragmatischen — Geistes ist. Doch hier, so erschreckend mehrfach, mühsam und verwirrend die Versicherung der Realisten und Pragmatiker gegen den Wahnsinn zu sein scheint, hier, in ihrem Idealismus, können wir sie als die tatsächlich Wahnsinnigen erkennen und unbeliebt machen, wenn wir sie genau an ihrem idealistischen Drange, ständig eine wahnsinnige Wirklichkeit zu produzieren (reproduzieren), aufhängen, indem wir anfangen oder unermüdlich weiterfahren, nach der Nützlichkeit ihres Tuns, nach dem Sinn und Zwecke zu fragen; denn sie haben ja gerade die Nützlichkeit zu ihrer 'Philosophie' gemacht; ja sie sind die, die noch eine verdammte Philosophie haben. Wirklichkeitsnah, na ja, das mögen sie sein, denn sie stehen ja sogar in dieser Wirklichkeit; aber wenn wir unermüdlich die Kosten-Nutzen-Rechnung präsentieren, und sie fällt ungünstig aus, werden wir sie, die uns immer in den Wahnsinn und die Katastrophe führen, bekämpfen können. Oder nicht?

Sie fahren zum Mond, weil man zum Mond fährt, und nennen uns, die wir mit beiden Beinen auf der Erde stehen, Phantasten. Sie nehmen einen Benzolring an und bauen Fabriken und produzieren, irgend etwas, was sich gerade ergibt. Sie produzieren etwa Herbizide und entlauben die Wälder. Sie treiben Kernphysik, bauen Städte, bauen Atombomben, weil man Städte baut und Atombomben, und zerstören die Städte, weil man Städte zerstört. Sie machen sich eine Medizin, weil man das macht, und bauen Spitäler, weil man das tut, und heilen, weil man das tut, die Menschen, weil es das gibt, von den Schäden ihrer wahnsinnigen Realität, weil es das gibt. Sie machen sich auf, Menschen in den 'Reagenzgläsern' zu züchten, weil man das tut, dabei gibt es Frauen, die sich anböten. Sie produzieren Klosettrollen, weil sie Klosettrollen produzieren, bis die Welt verstopft ist, als wäre sie eine einzige Klosettschüssel. Sie produzieren Klobrillen und blicken durch die Klobrillen und sagen aha und jaja und So ist es und Es ist halt so und Da kann man nichts machen, man müsse sich einrichten. Sie glauben daran. Und wer an die Tatsachen erinnert, wird als Romantiker bezeichnet, und wer auf die

Realität aufmerksam macht, wird als unrealistisch bezeichnet, wer
auf den Wahnsinn hinweist, wird als Wahnsinniger betrachtet.
Denn es ist so.

Sie jagen einer Idee nach und sehen nichts anderes und sind nicht
zu halten. Sie gehen von einem beliebigen Punkt aus weg und in
weitem Bogen. Und was im Kreis steht, ist die Realität. Und was
ausserhalb steht, gibt es nicht, darf es nicht geben. Die Realität
ist das Produkt ihres Wahnsinns. Was ausserhalb steht, ist für sie
der Wahnsinn, und sie bauen prompt Irrenanstalten, in ihrer
Wirklichkeitsnähe. (Sie schieben uns an den Rand, sie stossen uns
in das Nichts.)

Die Vöglein im Walde sind ausgestopft. Die Blümlein am Wege
sehen wie echt aus. Die Vöglein in den Vitrinen in den Museen
beginnen zu fliegen. Die Wälder sind von den Herbiziden entlaubt
worden. Die Städte sind zerstört. Unsere Realisten haben die
Wälder entlaubt, die Städte zerstört, die Menschen kaputtgemacht,
die Vögel ausgestopft, während wir geliebt und gevögelt haben.
Und wer das sagt. Und wer diese Realität anzweifelt. Und wer
das als Wahnsinn bezeichnet. Wer diese Realität für wahnsinnig
hält. Wer unsere Realisten als wahnsinnig bezeichnet, der ist ein
Wahnsinniger.

Und: Die Welt ist ein Irrenhaus, entschuldigen sie sich am Ende
und distanzieren sich. Das sagen alle Wahnsinnigen. Das ist ihr
Zynismus, der sie von neuem begeistert. Und wir werden verantwortlich gemacht, weil wir nicht mitgemacht haben.

Liebeslied (Enteignung)

Mein Herz gehört nicht mehr Yvonne
sondern Rosemarie
Der 'Globus' ist ein Warenhaus der Gott ein Schlagersänger
Herr Metzger ist Bäcker Herr Holländer Ungar
auf meinem Mantel steht Frey
Ich bin
Herr Metzger der Bäcker Herr Becker der Astronom
Ich bin
der Globus ein Warenhaus Gott der Sänger dieser Saurier

hier im Museum eine Mammutherde in der zweiten und vierten
  Eiszeit
ich bin
diese Meute von Autos
diese Sage Lehre dieses Bild
die gezeichnete Landschaft hier der Film
realisiert nach einer Idee von Becker ich bin du Müllers Kuh.

Ein Anpassungsmuster

Oben
'Die Leute wollen nicht mehr dienen', sagte Direktor Professor X.,
Sohn einer Putzfrau, an der Party von Verwaltungsrat Z. Und
seine Frau, Fabrikantentochter, ergänzte: 'Man bekommt keine
Mägde mehr.'
'Sie verlangen zuviel.'
'Sie haben Freunde.'
'Sie sind nicht mehr willig.'
'Man darf sie nicht verwöhnen.'
'Sie müssen die Grenzen kennen.'
'Es ist ihnen in den Kopf gestiegen.'
'Die Menschen müssen wieder lernen, sich unterzuordnen.'
'Gehorsam.'
'Arbeit.'
'Pflichtgefühl.'
'Sie müssen wissen, wo ihr Platz ist.'
'Will denn niemand mehr dienen? !'

Unten
Die Strasse wird aufgerissen. Arbeiter graben einen Graben; ihre
Köpfe sind nicht mehr zu sehen, nur ihre Schaufeln (oder also
die Schaufeln der Baufirma), wenn sie Erdreich hochwerfen.
Da tritt der Vorarbeiter an den Graben und flucht und speit und
tobt in den Graben hinunter, so, dass es einen Passanten erbarmt.
Der Passant tritt zum Vorarbeiter: 'He, Sie, was fällt Ihnen ein,
diese Leute so anzufahren!'
Da reckt einer der Arbeiter im Graben unten den Kopf und
schreit den gutmeinenden Passanten an: 'He, Sie, was fällt Ihnen
ein, was geht Sie das an, machen Sie, dass Sie wegkommen,
sonst komm ich hoch!'

Kapitalisten

Als ein Politiker
das Wort sagte:
Kapitalisten,
da stand einer auf
aus der Masse
und schrie:
wir lassen uns nicht anpöbeln.

Gegenteil

Es war das: mittendrin stehend, in einer Wirklichkeit voller Widerwärtigkeiten, entwickelten wir eine Fähigkeit, alles, was war, als unwirklich zu erklären. Wir hatten zu Anfang sogar Ideen, denen wir dermassen nachlebten, dass wir sie auch noch verwirklichten. Wir stellten eine unseren Ideen entsprechende Wirklichkeit her, wir produzierten das, was es schon gab, wir produzierten nicht eine Gegenwelt, sondern stellten die existierende fabrikationsmässig her, nur so akzeptierten wir sie.
Wir wurden mit dem, was war und überwunden werden wollte, immer mehr überhäuft, erstickten in Wirklichkeit, die gar nicht so sehr hätte sein müssen.
Wir konkretisierten alles, wir realisierten alles.
Wir überhäuften diese einst grosse Weltidee mit Produkten, die sich nicht mehr beseitigen liessen, und zwar deshalb, weil sie vor allem in unserer Vorstellungswelt haften blieben, nicht so sehr auf den Schutthalden der ersten Realität. Wir entwickelten eine Fähigkeit, wegzuräumen. Was dann in uns zurückblieb.
Die Natur in uns brachte alles zu einem fatalen Wuchern und überdeckte jeden Boden.
Das Leben wurde zur Biologie.
Biologen wurden zu Menschen.
Wir mussten laufend ersetzen, was es gegeben hatte. Es war falsch, vom Selbstzweck der Produktion zu reden, denn tatsächlich wurde sie nötig. Wir mussten immer rasender produzieren, um den Realitätsschwund aufzuhalten.
Eine Panne brachte uns das Nichts. Die Dinge fielen weg; es blieben nur Funktionen —. Wir brauchten neue Ideen, um uns wieder zu verwirklichen. Wir hätten uns sonst aufgelöst. Uns gab es nur in dem, was wir herstellten, indem wir produzierten. Es

wurde zur Funktion, was war. Wir mussten selbst die Sexualität
erlernen, um funktionieren zu können. Die Produkte blieben
schliesslich aus, so. Der Kreislauf wurde aufrechterhalten, ohne
Ausstoss. Ökonomie. Es war keine Verwendung mehr. Wir wussten
nicht, was mit den Dingen anzufangen war.
Es wurde unwirklich. Wir verloren die Fähigkeiten. Das war dann
unsere Vernunft, unser praktischer Verstand.
Aus Seienden wurden Realisten. Was war, nahmen wir nie für
gegeben. Die Realität wurde realisiert, es war alles verbaut, wir
identifizierten uns aber nicht einmal mit unseren Gegebenheiten.
Am Ende, wenn etwas dastand, sagten wir, das ist nun einmal so,
da kann man nichts machen, dabei hatten wir es gemacht.
Wir neigten, je mehr wir machen konnten, zum Fatalismus. Weil
alles unwirklich wurde, stellten wir ständig mehr her, um etwas
entgegenzustellen. Unser Dasein wurde zu einem einzigen Gegenteil.

Die mit dem Wissen

Die mit dem Wissen
Ringe bilden und Ketten
Netze über die Welt werfen
Formeln
die schwarze Wand-
tafel weissschreiben
mit Benzolringen und anorganischen Ketten
im weissen Kittel
mit kreischender Kreide
wuchernd über die Erde
und flugs die Hände gewaschen

Schwamm drüber

Die Lachen aber
sind zugeschüttet
auf dem Industriegelände
draussen die Welt ist
in Ketten gelegt
in dieser Kreidezeit

mit dem Wissen
über den Vogelzug

und die schimpfende Amsel
im eingezäunten Garten
die Fussschrift
die immer noch im Schnee zurückbleibt

Die die Netze ausgelegt
den Vogelzug eingefangen
und beringt haben

die das Wissen über die Welt legen
turnend an ihren Ringen
in ihrem Formelkäfig
in Ketten gelegt
mit dem exakten Wissen vom Vogelzug
der weiterfliegt
beringt und immer wiederkehrt.

Nichts Politisches

Am Abend bei geschlossenen Fenstern Ende Mai
denn draussen blühte der Oleander heftig
sass ich in der Bibliothek der Villa Pantrovaa
der Stiftung Pro Helvetia
und fand nichts Politisches
nur die schönen Schriften der ganzen Welt
was mir merkwürdig schien
denn der Stifter Kurt Held der Kinderbuchautor
war doch in die Schweiz geflüchtet
weil er ein politischer Mensch war

Am Abend schaute ich also den Faltern zu die an die Fenster klopften
und öffnete die Fenster

Am Morgen lagen sie haufenweise am Boden Oleanderschwärmer
Die Haushälterin hatte die Fenster geschlossen
als ich zubett ging
Es klärte sich nun auf
wo die politischen Schriften waren
im verschlossenen Abstellraum mit den Reinigungsgeräten
wo Olga Schaufel und Besen hervorholte
die Oleanderschwärmer zusammenkehrte
und in den Papierkorb leerte.

Pensées (1974)

Seit 1964
schreiben wir
Vietnam-
Gedichte und sammeln Bleistifte und
Radiergummi
(für Nordvietnam)

Seit 1964 gibt
der Feldgeistliche
den Boys den Leib des Herrn
zu essen

Seit ich mich erinnern kann
gab Grossmutter
den Blumen Dünger
von der Firma 'Geistlich & Söhne'
ass Vitamin-Tabletten der Firma 'Siegfried'
und Herzmittel der 'Dow Chemical'

Immer noch stehen
täglich die Börsenkurse in der Zeitung
und immer noch blühen die Pensées
auf unseren Gräbern.

Der Krebs

Im Winter scheint der Tümpel tot zu sein. Im Sommer ist das Wasser
bedeckt mit Entenlinsen, auch Entengrütze genannt; man kann sie
auswringen. Im Winter muss manchmal die Eisdecke aufgebrochen
werden. Das Schilfrohr, durch welches der leinenweisse Tümpel wie
durch eine Vielzahl von Kanülen zu atmen scheint. Oder wir schneiden
es für die Wand gegen die Sonne im Sommer. Nun beginnt es im
Tümpel wieder zu blühen. Der Wasserhahn ist ein Frosch; man kann
ihn zerlegen, wenn er nicht mehr funktioniert. Die Wasserhaarnixe,
der Hahnenfuss, die Schwanenblume blühen, das Knabenkraut, der
Igelkolben, Blutalgen, die sonst Meere und Schnee röten. Im Sommer
würde der Tümpel längst verlandet sein, wäre nicht der schwarze
Wasserhahn oder Wasserfrosch. Die Iris oder Schwertlilien werden
Liebesgrüsse geben. Da nützt aber alles Roden nichts mehr, das Leben

blüht weiter. Den Tümpel haben wir angelegt, weil Fauna und Flora am Aussterben seien.

Ein Ökologieinstitut wurde im neuen Botanischen Garten nicht bewilligt; es fehle an den Finanzen. Die Ökologen reden von Biotopen und Überbau, von den höheren Wissenschaften, die vernachlässigt würden; sie beklagen den Bau des Biozentrums. Wo heute das Biozentrum steht, wuchsen früher die Gemüse der Strafanstalt, des Zuchthauses, aussen an den Mauern Zierreben. Ein Weg führte vorbei. Auf der andern Seite die rote Gebärklinik, die Wände sind grau übermalt worden. Dann kamen Plakatwände; die Litfassäule – im Innern ein Anschlussnetz für das Fernmeldewesen – wurde abgebrochen. Doch auch die Plakatwände, die am Anfang und am Ende, am Ende und am Anfang den schmalen Weg versperrten, wurden wieder abgerissen. Um das Biozentrum zu bauen, wurde zuerst die Erde ausgegraben und wegtransportiert; mit Aushubmaterial wurden zum Beispiel die Tümpel in der elsässischen Camargue, in der 'Rosenau' aufgefüllt. Der Sohn der Maja Sacher lebt in der richtigen Camargue und ist Vogelforscher. Maja Sacher selbst ist die Besitzerin des Mehrheitsaktienpakets der Chemischen, welche mit Vitaminen und Psychopharmaka gross wurde; die Aktien seien auf einen Erinnerungswert von einem Schweizerfranken abgeschrieben; die Chemische hat die Orgel im Musiksaal gestiftet. Mit Feldstechern gingen wir zur letzten Führung durch die bedrohte Landschaft ennet der Staatsgrenze; Treffpunkt war die Grenze selbst mit den Hochhäusern der chemischen Fabrik auf dem Gelände der alten Golfmatte; hier wurden Zeitschriften mit Bildern von den Tümpeln, den Pflanzen und den Tieren verteilt. Dann ging's auf über Mauerreste, ausgediente Betten mit fliegenden Federn, blumenbestickte Kissen, Fahrräder, Lehnstühle, Bilderrahmen, Natur geworden.

Das Biozentrum wuchs schnell; zum Aufrichtefest wurde wie gewöhnlich ein Tannenbäumchen, mit bunten Papierfetzen geschmückt, aufs Dach gesetzt; mit dem Innenausbau wurde es über Bord geworfen. Das Biozentrum ist grösser als die Physikalische, die Physikalisch-Chemische Anstalt, die Institute für anorganische und organische Chemie, die Anatomische Anstalt. Das Biozentrum wuchs auch, fuhr man ihm die Klingelbergstrasse hinunter entgegen, die Kräne schienen täglich kleiner zu werden; es ist in Rekordzeit fertig geworden. Die Fassade ist aus grauem Beton, ohne Verputz, die Fassade wirkt wie Naturstein, rauh, wie die Zellstrukturen unter dem Mikroskop, eine vielzellige Oberflächenstruktur, aus Kuben mit vielen Fenstern. Der Vorsteher hielt seine öffentliche Antrittsvorlesung über Nutzen und Grenzen mikrobiologischer

Experimentalsysteme. Die Eingangstür ist aus Glas. Die Böden in den Gängen sind grün. Linoleum, man geht wie auf einer kurzgeschorenen, feuchten Wiese, man schaut deshalb; jeden Abend werden die Böden maschinell gereinigt, gewichst. Die Lifts sind geräumig, die Tür öffnet sich erst, wenn der Lift stehengeblieben ist, langsam; das Alarmsystem wird ständig überwacht. Es fällt nicht auf, dass im ganzen Biozentrum keine der sonst üblichen Zierpflanzen steht, nichts, was an Biologie erinnern könnte. Klimaanlage. Das Referat des Biologen war in Zimmer Nr. 109. Der Vorlesungssaal bis auf den letzten Sitzplatz (mit drehbarer Schreibunterlage) gefüllt. Die Tür lärmt nicht, es weht ein Luftstoss, wenn sie sich schliesst, das heisst, sie schliesst nicht von selbst, und wenn man sie öffnet, gibt es ein reissendes, klebriges, schmatzendes Geräusch. Die Tür ist rot, gedämpft, mit schwarzem Rand. Von aussen hört man keinen Ton, obwohl die Tür nicht dick ist: Isolation. Deshalb die Überraschung angesichts der vielen Menschen, die zwar schweigen, und es ist dunkel im Raum, aber der Biologe hat schon angefangen. Er ist nicht gross gewachsen, er trägt ein weisses Hemd, das in der Dunkelheit blendet, er zeigt ein Lichtbild, schwarzweiss, Phagen, überlebensgross. Er erklärt, wie in den vergangenen Jahrhunderten in der Biologie mehr auf die Verschiedenheit als auf das Gemeinsame zwischen den verschiedenen Lebewesen Wert gelegt worden ist, wie aber mikrobiologische Forschungen über die Biosynthese zeigen, dass der Code universell ist, Pflanzen, Tiere, der Mensch benützen die gleichen Codewörter. Es gibt also ein allgemeingültiges System und damit eine Gemeinsamkeit. Nun geht das Licht an, das Lichtbild geht aus und verschwindet, scheint noch eine Weile nach. Die schwarze Wandtafel wird vor der weissen Wand hochgezogen, es wird mit kreischender Kreide geschrieben und gezeichnet, weiss. Oben das Wort Verschiedenartigkeit, ein Bindestrich und das Wort Gemeinsamkeit. Dann Fremdwörter und Symbole wie DNS, Struktur + Funktion. Die Wandtafel wird nun sukzessive weissgeschrieben, Schwamm drüber, eine Wolke, und wieder weissgeschrieben. Dann endlich wieder ein Satz aus dem Munde des Biologen, er wird nicht aufgeschrieben. Wenn man sich nur auf die Morphologie abstützt, kommt man nicht weit. Die Zellmembran ist unwichtig, Informationsträger ist die DNS. Das Griffith-Experiment, 1944, gegen Kriegsende also, nach dem historischen Anfang des Vortrags: Den Bakterien die Nucleinsäure entziehen, reinigen und wieder mit Bakterien vermischen: die Bakterien werden wieder ansteckend. Die Informationsträgerfunktion der DNS lässt sich also auch am Bakterium untersuchen. Schade ist es, dass gewisse Erkenntnisse in den Zeitungen polemisch missbraucht werden, um gegen die Forschung zu wettern. Am Beispiel der Resistenz von mit Antibiotika behandelten Krankheitsträgern konnte gezeigt werden, dass nicht das Agens für die Mutation verantwortlich ist; das Bakterium überlebt nur, wenn die Mutation vorteilhaft ist. Und: Mutation ist nicht das einzige Agens, was zur Evolution führt. Regulation, Differenzierung, genetische Amplifikation, die Morphogenese, dies muss mit höheren Zellen untersucht werden. Doch den Bakterien kommt in der biologischen Forschung ein Riesenverdienst zu, es ist ein rasches Arbeiten möglich, Experimente mit Zellverbänden dauern länger und sind schwieriger, aber nötig, man denke nicht nur an die embryologischen Erkenntnisse, sondern z.b. auch an die Mutationen, die normale zu Krebszellen werden lassen. Der Biologe liess nun die weissgeschriebene Wandtafel mit einem leichten Schubs wieder in die Versenkung verschwinden, der Projektionsapparat wurde ausgeschaltet. Diskussion gab es keine. Die Nebentür führte in einen Laborraum mit Apparaten, Diktiergeräten, Wasserhähnen. Im Gang das Surren der Reinigungsmaschinen, fremde Sprachen sprechende Leute, das diffuse Licht auf den grünen Böden, die Bekanntmachungen am Schwarzen Brett. Da die Lifts überfüllt waren, die federnde Treppe hinunter. Die störenden Menschensammlungen unten im Gang. Der Griff ins Glas der Tür. Die Nacht draussen, der Frühlingsregen, Schauer, die schleimig glitzernde Strasse, die Kreuzung, die Signalbäume, die Automobilschlangen mit den menschlichen Gesichtern.

Das Experiment mit dem Nährboden im Reagenzglas. Die Bakterien wachsen schnell und werden in Flecken auf der Oberfläche sichtbar. Die Haufen sind bunt. Später wachsen sie zusammen zu einer einzigen Fläche, die die Oberfläche ganz bedeckt. Schimmel könnte man es nennen. Der bunte Fleck wächst in die Höhe, das heisst, er scheint viel mehr in die Tiefe zu wachsen. Verschiedene Schichten, in unterschiedlichen Farben, unten rot, oben weiss. Die untern Schichten sterben ab. Die Nährlösung wird nun aufgebraucht. Die Verhaftung mit der Glaswand. Der Klumpen lässt sich nicht mehr so leicht lösen. Die Kultur geht nicht etwa bis auf den Grund des Reagenzglases, es bleibt ein freier, leerer Raum, eine Lücke. Nun, da aber der Lebensraum ausgefüllt ist, beginnen auch die obern Schichten abzusterben. Der Nährboden ist aufgebraucht. Das Wachstum des bunten Haufens nimmt ein Ende. Das Absterben erfasst alle Schichten. Doch ist eines zu bedenken: Setzt man auch nur einen einzigen Teil des vermeintlich endgültig toten Klumpens auf einen neuen Nährboden, beginnt er wieder zu wachsen. Das Sterben und Leben nimmt kein Ende, bis alle möglichen Nährböden verbraucht sind. Nähr-

lösungen lassen sich synthetisch herstellen. Dies alles spreche gegen den apokalyptischen Hinweis, so wird argumentiert. Es liesse sich auch hinweisen auf die berühmten Experimente mit der Anophelesfliege, einem Krankheitsträger, der resistent wird, selbst in radioaktiv verseuchter Atmosphäre schlicht mutiert ('Überleben nur, wenn die Mutation günstig ist'). Weiter ist im historischen Rückblick zu berichten von jener Biologengruppe, die ausgeschickt wurde auf Bikini (jetzt ist ja bereits der Mono- und Minikini modern, ja das Nacktbaden wieder) und reiches und nicht nur niederes Leben entdeckte, vorfand; die Resultate werden verwertet. Woran es fehlt, am Denken in grösseren Zusammenhängen, was gerade der Ökologie mangelt, die vom Aussterben des Frauenschuhs und des Schuhschnabels und der Menschen und ähnlichem berichtet, das Verstummen des Quakens der Frösche lautstark beklagt und verächtlich auf die niedere Biologie blickt, die Mikrobiologie, die sich mit immer kleineren Einheiten befasst, sich selbst zu atomisieren drohe, jedoch viel eher untendurchschlüpft.
Oder als wir uns im Keller des Naturhistorischen Museums verirrten.

Der Tümpel beginnt zu blühen; er verwächst langsam. Der Wasserfrosch züngelt wieder, nachdem wir ihn zerlegt und repariert haben. Beim Sezieren fand sich einmal ein Frosch mit einem intakten Schneckenhaus im Bauch. Die Frösche quaken zeitig in der Morgenfrüh. Die Laichklumpen mit den unzähligen schwarzen Augen, Kirschenaugen, Mandelaugen, Katzenaugen (nicht zu verwechseln mit den reflektierenden Schlusslichtern). Die Laichstränge wiederum, die sich nicht verwickeln, die einem durch die Hände gleiten. Die Wasserkälber auf dem Grund. Das Fröschequaken wird im Gegensatz zum Lärm der Automobile — Frösche sind wörtlich genommen auch Automobile — als störend empfunden, die Frösche sind geschützt. Und das Jubilieren der Amseln, einst scheue Wald-, jetzt begeisterte Stadtbewohner; die Schuhe, die aus den Fenstern geworfen werden, die Strasse ist voller Schuhe und Hausschuhe; und die Vögel fliegen schimpfend auf und singen dann mächtiger weiter. Später bekommen die Rossnägel Beine. Unkenrufe, Geburtshelferkröten. Das Gelb auf dem Bauch. Später verlassen unzählige kleine Frösche den Tümpel und breiten sich aus. Kommt man in die Nähe, trommeln sie wie Regen auf das Wasser. Wasserjungfern vom Aussehen der Flugzeugtypen, Teufelsnadeln.
Es ist Frühjahr, springtime. Die Kinder gehen auf Stelzen. Laura Gander kommt den Klingelberg herunter, zu Fuss, an einem Eise lutschend. Joe kommt den Klingelberg herauf. Und auf der Höhe

der Motorradhandlung, früher eine Metzgerei, nun hängen Räder an den Fleischerhaken, treffen sie sich. 'Der Frühling lenzt', sagt Joe und nimmt Laura das Eis-Cornet aus dem Mund. Es ist Frühjahr. Die Skier und die Höhensonne kommen nun endgültig unters Dach. Die Kartoffeln, die im Winter im Keller im Sand Augen und Strahlen bekamen, sind gelb, wenn man sie pellt; sie sind nun alle aufgegessen. 'Die Wüste lebt.' 'Basel soll eine bäumige Stadt werden', schrieb die Aktion 'Grünes Basel' vor Jahren, in grünen Inseraten. Der Tümpel blüht. Im Comestibles-Geschäft ist sogar der bei uns fast ausgestorbene Krebs zu haben. Tante Erna geht mit Abfällen jeden Tag nach dem Essen zum Tümpel. Der Körper des Krebses krümmt sich und streckt sich. 'Tante Erna hat Krebs'. Der kleine Neffe will auch einen haben.

Weisse Bohnen (Requiem)

Bei uns kann man alles haben, sind wir nicht glücklich? fragte der Führer den Besucher.

Nehmen wir unsere Lebensmittelabteilung, nehmen wir das Beispiel der weissen Bohnen.

Die drüben haben nur eine einzige Sorte weisser Bohnen, wir aber haben die Marken Hero, Roco und Bischofszell. Sind die drüben nicht arme Schweine? Wir haben nicht nur die drei Marken Hero, Roco und Bischofszell; es gibt von jeder Marke die verschiedensten Qualitäten und Grössen. Von den Markenprodukten kleinerer Firmen wollen wir gar nicht reden.

Allein in unserem Betrieb arbeiten sechsmillionenfünfhunderttausendein-hundertneun Biochemiker, Biophysiker, Ärzte, Meteorologen, Histori-ker, Paläontologen, Mineralogen — ich könnte beliebig lange so weiter aufzählen — im Dienste der weissen Bohne. Wir beschäftigen neun-undfünfzigtausend Werbetexter allein in einem einzigen Grossraum-büro. Wir haben die Astronomie erfunden und die Weltraumtechnik, um neue Anbau- und Absatzgebiete zu erschliessen. Und dreitausend Jahre Philosophie geben uns das Fundament. Wir haben Jesus Christus das Licht der Welt erblicken lassen und unterhalten die grösste Armee der Welt zur Verbreitung der Lehre von der weissen Bohne. Wir schaffen künstliche Hungergebiete und lassen die Kinderlein kommen und zu Millionen sterben, um ihnen die Religion der weissen Bohne zu bringen. Wir haben auch eine Literatur; wir beschäftigen in unserem Betrieb neunhundertundeinen Nobelpreisträger, sie alle schreiben über die weisse Bohne; ich nenne nur ein paar unserer berühmtesten Titel: 'Wenn süss das bohnenweisse Mondlicht auf den Hügeln schläft', 'Wie Bohne zu Böhnchen fand', 'Das Christkind im Bohnenstroh', 'Faust oder der ewige Kämpfer für die weisse Bohne', 'Alice im Bohnenland' oder — unser Bestseller — 'Das Kapital'. Wahrlich, ich sage Ihnen: Wir haben auch kein taubes Ohr für die Kunst. Betrachten Sie nur unsere Weihnachtsausstellung in unseren Werk- und Verkaufshallen, in unserem Restaurationsbetrieb. Ein gutes Bild ist, wenn es unsere weissen Bohnen möglichst originell darstellt, konkret, abstrakt, Op und Pop und Environnement, sozialistischer und magischer Realismus. Hier wird nicht gespart! Der Mensch erfand die Biologie für die weisse Bohne, Medizin, die Religion, Philosophie und die schönen Künste. — Aber ich langweile Sie, Sie haben das Prinzip noch nicht begriffen, die Vorteile.

Früher gab es Kaiser und Könige; das Volk hatte nicht Teil an den weissen Bohnen. Dann aber haben wir Sozialismus und Kommunismus erfunden: Jedem seine weissen Bohnen, hiess der Slogan, den unsere Reklameberater geprägt haben. Zäh haben wir sämtliche Ideologien in den Dienst der weissen Bohne gestellt. Wir starteten die Weltrevolution; denn, sehen Sie, wir brauchen neue Absatzmärkte für die weisse Bohne. Sehen unsere Bomben nicht wie appetitliche weisse Bohnen aus? !

Mein Herr, wir sind heute soweit, dass es morgen schon möglich werden wird, auf dem Mond Bohnen von hundert Kilometern Länge und fünfzig Kilometern Durchmesser fabrikationsmässig herzustellen. Ist das nicht wunderbar? ! Sehen Sie dort, der Mond ist aufgegangen, die güldnen Sternlein prangen, hat er nicht Farbe und Form der weissen Bohne?

Der Fremde hielt die eine Hand vor den Mund, drückte mit der andern gegen seinen Bauch, entschuldigte sich und ging durchs Tor ins Freie. Sehen Sie, auch dafür haben wir gesorgt, rief ihm der Führer nach, dafür haben wir Underberg!

Polar Bear Calls Galaxy 1
oder warum wir überleben

Weil die Leute sagen, es sei nichts, ist auch nichts. Unter 'sein' versteht man 'passieren' (ein Unfall passiert). Die Leute sagen, es sei nichts, weil bis jetzt auch nichts gewesen sei, und darum werde auch nichts sein, und darum sei auch tatsächlich nichts und könne nichts passieren. Wenn man sagt, es ist nichts, ist nichts. Da kann passieren,

was will; wenn es nicht als etwas empfunden wird, ist nichts geschehen. Es ist zu mühsam, von einem gigantischen Fatalismus reden zu wollen, der natürlich auch jedes Überleben garantiert und garantieren wird, komme, was wolle. Ein Ignorieren als totale Versicherung. Es wäre auch zu kompliziert, den Leuten neben diesem einen Satz vom Fatalismus auch den andern erklären zu wollen: Zu sagen, es ist nichts, es war nichts, es wird also auch nichts sein, uns wird nichts passieren und darum ist es so, das muss gar nicht Indiz für einen Fatalismus oder eine Ignoranz (der Tatsachen), sondern kann auch die landesübliche Pfiffigkeit aus langer Erfahrung sein, ein zwar Katastrophen verhindernder Trick, aber auch eine phantastische Mentalität, die alles Sein, als Dynamik verstanden, verneint und was ist, verbal als nichtexistent erklärt, um um so besser aus dem, was ist, etwas zu machen. Ein allezeit und in jeder Situation prosperierendes Überleben. Eine perfekte Verwertungs-GmbH, für die alles, und gerade das Negative, Material ist. Krisen und Katastrophen etwa, welcher Art auch immer, waren hier Glückssträhnen, die ersehnten Ereignisse, die die Überlebensmechanismen erst recht in Gang bringen. 'Unfall' steigert Gewinn. 'Leben' erhöht Gewinnbeteiligungsfonds (Leben heisst bei uns: Sterben).
War etwas?
Ist etwas nicht in Ordnung?
Nein.
In diesem Lande war ausser dem Überleben nie etwas möglich. Das Überleben ist hier Tradition. Besorgt wird sie durch die aus so ziemlich allen andern Herrschaftssystemen übernommenen, also bewährten, und verfeinerten Signale und Unterdrückungsmechanismen. 'Oben' wird bedenkenlos als 'oben' deklariert, wodurch nicht einmal mehr ausdrücklich 'unten' auf den Platz verwiesen werden muss. Es ist so raffiniert: 'oben' wird nicht in den gängigen, zum Aufstand reizenden Symbolen bildhaft und ausdrücklich dargestellt. Wohl gibt es auch bei uns Dome, fast kathedralenhafte Industriegebäude und Verwaltungszentren. Doch nur fast; es ist nichts riesenhaft, über- dimensioniert, und es stellt sich noch bescheidener dar durch eine gebäude- und spracharchitektonische Nüchternheit und Zweckdien- lichkeit, so dass Schnörkel und bezwingend Formales nicht erkannt werden können. Ja es wird 'oben' gar nicht als überhöht und also optisch erkennbar und unterwerfend dargestellt; kein Kamin, kein Kirchturm ist höher, als er ist; die Berge sind allemal, die sanften Hügel, höher, und man lebt ja in den Bergen. 'Oben' wird hier nicht einmal als Wort benützt. Es ist ein Abstraktum, es wird nicht erwähnt. Es ist einfach selbstverständlich. Quasi geometrische Begriffe, oben

und unten, und kein Mensch verbreitet die Lehre, dass es das, was
diese Begriffe meinen, eigentlich nicht gibt, sondern dass es eine Frage
des Standorts und Gesichtspunkts ist; auch diese Einsicht wieder wird
als selbstverständlich angenommen, und wer es nicht merkt, ist selbst
schuld.

Es entwickelte sich in diesem ganzen Volk, begünstigt durch eine
nachweisbar nicht eigens arrangierte und als genial empfundene Geo-
graphie, überwältigend, eine Sucht, zu verkleinern und die Realität
zum Verschwinden zu bringen, so dass man mit ihr operieren kann.
Jedermann ist, ohne dass er zu überlegen brauchte, klar, wie einfach
und bedeutungslos und selbstverständlich diese anschaubare Realität
ist mit ihrem oben und unten, links und rechts, hell und dunkel; es
gibt gar keine Frage, man ist ja bescheiden und Realist und vernünftig,
man sieht, was man sieht, und es ist nichts.

Wie raffiniert und einfach alles, was es an bewährten Tatsachen und
Symbolen und Signalen gibt, einverleibt wird, zeigt sich am unauf-
fälligsten und deutlichsten in der Sprache. Sie beschränkt sich hier
auf die einfachsten Wendungen und sagt das Wenige noch möglichst
im versöhnlichen Diminutiv. Man hätte die Wörter und Worte niemals
in ihrer Grösse übernommen. Und selbst produziert man möglichst
keine. Man nennt das Offenheit. Man ist offen für alle Einflüsse. Man
übernimmt, was einem in den Mund passt, was sich verwenden und
sagen lässt. Man beeilt sich, die Eigenheiten abzustossen. Man schämt
sich der lächerlich sanghaften Urlaute, von denen die Sprache längst
abgetrennt ist. Man lässt die Umgangssprache fallen und nimmt die
weniger mühsamen Signale an, die mit ihrer Spärlichkeit und Deutlich-
keit auch dem landesüblichen Hang zur Schweigsamkeit entsprechen.
Man will doch auch mitreden können, verstanden werden in einem
grösseren Kreise; denn früher hat man einander schon von Weiler zu
Weiler nicht verstanden, weil man verschiedene Dialekte sprach.
Man übernimmt die besseren Kontakt versprechenden Sprachen wie
Rot und Grün der automatischen Signalanlagen. Man kann sich nun
verständigen über die Dörfer und Städte hinaus, ja über das Land
hinaus. Man reagiert auf die Wörter und Zeichen.

> 'Vrll, plopp, plopp.'
> 'Tschüs.'
> 'Schuss.'
> 'In.'
> 'Vllobbzz.'
> 'Unilever.'
> 'Splitting.'
> 'T-Bone-Steak.'

'Führungskräfte.'
'Halleluja.'
'Cockpit.'
'Quak quak.'
'Transparenz.'
'Coke.'
'Pepsi gibt Schwung.'
'Pffllupp.'
'Ribonucleinsäure.'
'Motor Columbus.'
'Polar Bear Calls Galaxy 1.'
'Cowboys Abendmahlzeit Big Valley.'

Und es stellt sich heraus: nicht dass man sich nicht mehr zu sagen
hat, sondern dass diese Signale alles auslösen. Eine total beherrschende
Signalisation, die doch keine sein kann, weil man die Signalisationen
in anderen Staaten als solche augenblicklich erkennt, durchschaut,
allergisch darauf reagiert, sie als Unterdrückungsmechanismus
denunziert. 'Pepsi gibt Schwung' ist etwas ganz anderes als 'Für den
Aufbau des Sozialismus'. Man lächelt. Es ist ganz klar, Pepsi ist Pepsi.
Mit Cowboys Abendmahlzeit hat man gegessen. Was braucht es mehr?
Der Druck in diesem Lande ist total. Wer nicht einstimmt: 'Pepsi gibt
Schwung', wer nicht sagt 'Coke' und 'Vllobbzz' und 'Vrll' und
'Pffllupp', wer etwas anderes sagt, wer mehr sagt, ist disqualifiziert,
weil er die Zeichen nicht erkennt, die Signale nicht befolgt, die ja nur
der Vernunft entspringend schützen. Es brauchen nicht einmal andere
Signale zu sein, an die er sich hält. Man braucht nicht einmal so weit
zu gehen, statt 'Pepsi gibt Schwung' 'Für den Sozialismus' zu formu-
lieren, man braucht nicht einmal statt 'T-Bone-Steak' 'Dialektischer
Materialismus' zu sagen; man erweckt bereits Verdacht mit Wendungen
wie 'Kapitalismus' und 'Werktätige'; denn wer ist schon werktätig, was
heisst das schon.

Wenn aus dem Radio nicht Ländlermusik ertönt, sind es die Börsenkurse und Marschmusik; sind es nicht staatsmännische Reden, so sind
es einverstandene Kommentare und Berichte über Waffenläufe; ist es
Kritik, so ist es Kritik an der Opposition, Kritik an der Kritik. Eigen-
produktionen gibt es wenig, die wenigen werden im Fernsehen
visioniert, wie dem gesagt wird, vor der Ausstrahlung, zur Visionierung
werden die Interessenverbände, wie das genannt wird, beigezogen. Die
Spielfilme sind mindestens zehn Jahre alt und amerikanisch. Und das
alles zwischen den Werbeblöcken, wie man das nennt, so dass dies als
Werbung deklariert ist und das dazwischen, zwischen den Werbeblöcken, nicht. Beispiele anzuführen, ist sinnlos geworden, denn sie

wurden schon viel zu viel angeführt und nicht dementiert; sie machen müde, sie haben die Aufmerksamkeit sich konzentrieren lassen auf die Werbeblöcke, Börsenkurse, Ländler- und Marschmusik.

So kann kein Leben aufkommen, das nicht ein Überleben ist. In diesem Lande reden Volk und Regierung die gleiche Sprache und sind eins. Das heisst: Hier regiert das Volk tatsächlich. In diesem Lande wird schon den Kindern jede Initiative abgemurkst; denn hier werden die Kinder erzogen, hier gibt es gute Schulen, hier gibt es keine Analphabeten. Wohl kommt es dann und wann vor, dass einer zeichnet, malt, Gedanken entwickelt oder sonst etwas Verrücktes — das ist ein Hobby wie das Handorgelspielen (hier spielt einer Cello, wie einer Handorgel spielt). Und das darf in der Freizeit gerne zur Passion werden, weil das von einer verbindenden Ungelenkheit ist. Was hier nicht erlaubt ist, wurde nie direkt verboten, sondern als dumm, als unrealistisch, als Spinnerei deklariert, das heisst disqualifiziert.

Wenn hier nun aber einer nicht nur nicht findet, Pepsi gebe Schwung, wenn er nicht einmal sagt: 'Für den Sozialismus', wenn er gar morgens um zehn auf Plätzen Tauben füttert oder Gedichte schreibt, dann wird er nicht etwa psychiatrisiert, wenn er nicht will. Als Spinner kann er machen, was er will, wenn er will. Wenn er nicht 'für sich sorgen' kann, wird für ihn gesorgt, wird er versorgt, wie man das menschlicherweise nennt, wenn einer in eine Anstalt kommt, und die Anstalten werden Kliniken genannt. Wenn einer nicht für sich sorgen kann, erhält er 'Unterstützung', bezieht er eine Invalidenrente. Wenn einer morgens um zehn Tauben füttert und Gedichte schreibt, kommt er nicht in eine Arbeitserziehungsanstalt, das nennt nur der Volksmund da und dort noch so, er kommt nicht in ein Arbeitslager, was hier Arbeitserziehung genannt wird, sondern er kommt in eine psychiatrische Klinik, wenn er will, und dort wird vehement versucht, ihn wieder 'einzugliedern', das heisst, es wird versucht, die Möglichkeit zu schaffen, sich wieder einzugliedern. Wenn einer 'sich nicht helfen kann', so wird ihm selbstverständlich geholfen.

Jeder kriegt Tabletten, jeder säuft Pepsi. Wenn einer morgens um zehn Tauben füttert, und er ist kein achtzigjähriger Rentner, ist er nur ein Spinner, der Tauben füttern darf, und es wird ihm nicht geholfen, bis er sich selber nicht mehr helfen kann, bis er keine Tauben mehr füttern kann. Spinner werden in diesem Lande geduldet, denn sie gelten hier als verrückt. Und wer Tauben füttert, wird so weit gebracht und geduldet und angestrahlt und auf diese Art kujoniert, dass er meist von alleine die Klinik aufsucht.

Es ist so lächerlich geworden, von alledem zu berichten, weil jedermann es längst weiss, das macht die Änderung so unmöglich. Dass hier Abertonnen Psychopharmaka und Vitamine verfüttert werden, das ist keine Neuigkeit, 'das wissen wir jetzt langsam', darüber geben die Zahlen Aufschluss, das ist das tröstliche Wirtschaftswachstum. Kein Mensch muss sie nehmen, es ist einfach nötig, es ist nur für die, die wollen, und Konsumverzicht führt zur Depression; wer keine nimmt, ist schuld an der Krise, am Beschäftigungsrückgang.

In diesem Lande werden Menschen nur selten zwangsweise in die Klinik gesteckt und geheilt. Wer sich nicht ernähren kann oder will, den ernährt der Herr doch. Wer hier nicht Tauben füttert, der sucht die überfüllten Kliniken von alleine auf. Bei uns werden die Leute bald wieder entlassen, weil sie ambulant behandelt werden können. Deshalb, wegen unserer segenbringenden Pharmakologie, die vielen runden Gesichter, die gesunden roten Pausbacken. Es gibt sie, die Unterstützten, die Internierten und Ambulanten, zu Abertausenden. Hier ist es nicht das System, was heisst das überhaupt, sondern die Zeit, die Entwicklung, der Wohlstand, die übertriebene Freiheit, der Stress.

Hier ist es nicht so, bewahre dass, wenn einer nicht klatscht, er noch in der Nacht nicht mehr ruhig schlafen kann, weil er befürchten muss, er werde jederzeit abgeholt. Hier kann einer, hier können sehr viele nicht schlafen, weil sie darunter, dass sie nicht klatschen, weil sie darunter leiden, out zu sein (ein Wort, das sich eingebürgert hat). Hier können die Menschen nicht schlafen, weil sie Schlafstörungen haben.

Hier leiden die Menschen nicht unter dem System (ein Fremdwort bei uns), sondern unter Depressionen, endogen (ein Wort, das sich eingebürgert hat, das niemand genau kennt, deshalb ist es so). Und wer wollte es wagen zu sagen, die Menschen brauchten nicht Hilfe? Wer wollte finden, es solle uns nicht gut gehen?

Ich mache nicht mehr mit (1974, Nachruf)

Es ist wieder soweit. Es ist wieder Mode, unpolitisch zu sein. Es wird wieder gelacht, wenn einer auf Zustände aufmerksam macht. Wenn überhaupt noch gelacht wird, wenn es nicht heisst, er sei ein 'Querulant', ein 'Schwerenöter', ein 'Revolutionär'. Revolutionär ist wieder eine böse Bezeichnung geworden. Und selbst die Dichter widmen sich wieder, haben sich wieder der Innerlichkeit zu widmen. Wenn einer ein politisches Gedicht schreibt, tönt es wieder im Chor, er ist ein schlechter Dichter. Politisch ist wieder ein verächtliches Wort.

Ich erinnere mich, wie mein Vater, er sprach selten davon, erzählte, wie das war damals, damals, als es auch wieder soweit war, als es auch wieder, wie jetzt wieder, zuerst unschicklich und später verpönt und ein Verbrechen war, politisch zu sein und zu tun. Ich habe die Töne noch in den Ohren, obwohl ich es selbst nicht erlebt habe. Ich kann es mir aber heute langsam vorstellen, weil ich es heute erlebe, wie es war damals, und wie es heute wieder ist, wie es kam, damals, und wie es kommt, und wie selbstverständlich. Wie mein Vater erzählte, wie damals viele sagten, es sei nun einmal so und man müsse sich den neuen Verhältnissen anpassen und es sei recht so und müsse so sein, und wie es selbst Freunde erfasste und Vater allein stand und Schwierigkeiten hatte, weil er nicht einstimmte, nicht sich anpasste, nicht mitmachte, weil er weiterhin sagte, was er fand. Wie sie redeten von den Verhältnissen, wie sie mit emsigen Schritten eilten und aus der Anpasserei ein Geschäft machten und nicht verzagten und sich deshalb am Ende auch tatsächlich als Unverzagte und Aufrechte vorkamen, allemal wiederaufgerichtet.

Es ist wieder soweit, wie es gewesen ist. Es heisst wieder, kritisch zu sein, links zu sein, auf die Strasse zu gehen, zu demonstrieren, sich einzusetzen, es heisst wieder, politisches Engagement zu haben, das sei eine Mode, und diese Mode sei veraltet und vorbei. Man ist wieder modern. Man schüttelt wieder die Köpfe. Wenn einer noch immer politisch redet, ist er ein Politischer, und das sagt alles. Das sagt, dass er nicht drauskommt, dass er ein Romantiker ist, ein Naiver, und das sagt alles, ein armer Irrer. Man ist doch aufgeschlossen, modern, man ist aufgeschlossen für das Neue, das da heisst Immer mal langsam und Früher war es auch nicht schlecht und Was wollt ihr überhaupt, Habt ihr es immer noch nicht eingesehen, Was soll denn das, Wir haben jetzt langsam genug, Schluss jetzt. Aus der Revolution ist die Revolution der Badezimmer geworden, revolutionär ist die Duftnote des extragriffigen rosa Klosettpapiers. Die permanente Revolution findet in der Einbauküche statt. Eine Demonstration ist die internationale Holzmesse. 'Andere reden von der Revolution. Wir machen sie', verkündet ein Inserat für hair waving.

Im Kino laufen Filme aus den dreissiger Jahren. Am Kiosk ist das Dritte Reich immer noch in Fortsetzung zu haben. Die Television zeigt heute abend einen alten Western. Aus dem Radio erklingt Marschmusik. Der Schah macht weiterhin Ferien in St. Moritz. Die Häuserbesetzungen werden seltener. Die Häuser werden abgebrochen. Die Leute gehen wieder mehr zur Kirche. Die Bäume sind gefällt.

Die Demonstrationen nehmen ein Ende. Wer über einen militärischen Befehl schreibt, wird verhaftet. Die Druckmaschinen werden konfisziert. Die Industrie zieht die Inserate zurück, wenn weiter über ihre Verschmutzung geschrieben wird. Der deutsche Bundeskanzler ist ein rechter Mann; aber auch er ist leider noch ein wenig links. Dafür ist Giscard d'Estaing ein Adliger. In Russland gibt es Nervenkliniken und Arbeitsanstalten. Bei uns gibt es das nicht. Bundesrat Furgler lobt in der Schülerfragestunde im Radio die Schönheit der Schweiz. An der Inflation sind die Araber schuld. Ein Batzenlaibli kostet dreissig Rappen. Das Comestiblesgeschäft verlangt sechs Franken für ein Pfund Birnen. In Osteuropa gibt es nicht einmal Birnen. Wer vor unsern Kasernen Flugblätter verteilt, wird nicht verhaftet. Wer Armeebefehle veröffentlicht, erhält keinen Prozess. Wer an einer Demonstration teilnimmt, wird nicht photographiert. Wer bei der revolutionären marxistischen Liga ist, kann ohne weiteres Lehrer sein. Bei uns sind die Mietzinse sehr niedrig. Bei uns sind die Grundschichtkinder in der Schule nicht benachteiligt. Bei uns besucht jedes Arbeiterkind das Humanistische Gymnasium. Bei und gibt es keine Arbeiter, sondern nur Mitarbeiter. Bei uns ist kein Unterschied zwischen einem Obersten und einem Soldaten, einem Verwaltungsratsdelegierten und einem Laboranten. Bei uns verdienen alle gut. Bei uns müssen sich die Hausbesitzer in Lumpen kleiden. Die Unternehmer verdienen bei uns kaum die Margarine aufs Brot. Ist es nicht so? Wer behauptet etwas anderes?

Bei uns trägt man wieder rechts. Bei uns ist es nicht mehr Mode, links zu sein. Man hat genug von der Kritik. Die Portiers in den Eingängen zu den hellen Fabrikhallen tragen Massanzüge, weisse Hemden und goldene Uhren und sind Baby-Aktionäre. Der Arbeiter redet von 'seiner' Fabrik und wieviel Dividende 'Wir' grosszügig ausgeschüttet haben. Am Biertisch wird wieder übers Wetter diskutiert. Die Betriebsschliessungen mehren sich. In Italien verüben die Neofaschisten blutige Terroranschläge. Wer Mitglied der PdA ist, muss es dem Personalchef verschweigen. Wer nicht arbeitet, wird versorgt. Wer Flugblätter verteilt, erhält seinen Prozess. Die Dichter, die immer noch politische Gedichte schreiben, werden von der Kritik verrissen. Den Journalisten, die von Tatsachen schreiben, wird nahegelegt, damit aufzuhören. Wer von Chile spricht und nicht von den Bäumen, ist ein Querulant. So ist es.

Die Betriebsschliessungen mehren sich. Der Strom wird knapp. Das Benzin wird teurer. Heizen ist ein Luxus. Die Mietzinse steigen. Ein Pfund Birnen kostet sechs Franken. Der Nahe Osten ist ein Unruheherd. Die Schneefallgrenze sinkt auf zweitausend Meter. Am Morgen

steigt der Nebel. Die Banken ersuchen um Stundung. Die Militärs
klettern auf die Feldherrenhügel. Die Dichter steigen in die Bäume.
Die Bäume sind abgeholzt. Wer auf die Verhältnisse aufmerksam
macht, ist ein Politischer. Wer sagt, die Betriebe schliessen, ist ein
Linker. Wer jetzt noch auf die Realität hinweist, ist ein Phantast.
Wer jetzt noch zum Kampf aufruft, ist ein Revolutionär. Wer sich
jetzt noch wehrt, ist ein Irrer. Wer kein Anpasser und Mitläufer ist,
wird verantwortlich gemacht.
Politik ist nicht mehr Mode, jetzt, da es wieder politisch wird. Sie
haben den Schiss wieder in der Hose. Sie versuchen sich wieder zu
retten. Sie sind Scheisskerle.
Es ist wieder höchste Zeit zu betonen: Ich mache da nicht mit beim
Mitmachen. Ich bleibe mit Vergnügen 'ein Politischer', 'ein Querulant',
'ein Revolutionär'. Ich will vor meinem Vater bestehen, wenn er auch
gestorben ist. Ich verabscheue die Anpasser, die 'Realisten', die
'Vernünftigen', die Mitmacher. Ich verabscheue die Überleber-
naturen.